Inês de Castro

João Aguiar
Inês de Portugal

Romance

Leya, SA
Rua Cidade de Córdova, n.º 2
2610-038 Alfragide • Portugal

Este livro não pode ser reproduzido,
total ou parcialmente, sem a autorização
prévia do editor.
Todos os direitos reservados.

© 1997, João Aguiar
© 1997, Asa Editores, SA
© 2008, Leya, SA

Capa: Rui Belo / Silva!designers

Revisão: M. Manuela V. C. Gomes da Silva
1.ª edição BIS: Setembro de 2008
Paginação: Guidesign
Depósito legal n.º 280 732/08
Impressão e acabamento: Litografia Rosés, Barcelona, Espanha

ISBN: 978-972-20-3681-8

Índice

I De profundis clamo ad te, Domine   7
II Misereatur tui omnipotens Deus   53
III Per omnia saecula saeculorum   95
Notas   109

(…)
O caso triste, e dino da memória
Que do sepulcro os homens desenterra,
Aconteceu da mísera e mezquinha
Que despois de ser morta foi Rainha.

Luís de Camões
Os Lusíadas, Canto III

Por que semelhante amor, qual ElRei
Dom Pedro ouve Dona Enes,
raramente he achado em alguuma pessoa

Fernão Lopes
Crónica do Senhor Rei Dom Pedro

I
De profundis clamo ad te, Domine

Depois dos quarenta anos entra num homem o gelo da idade, pensa Álvaro Pais enquanto as suas mãos percorrem numa carícia friorenta o gibão que o cinge e cujo tecido lhe parece demasiado fino.

O fogo da lareira não consegue aquecer a sala. Ou sou eu que não consigo aquecer, rumina sombriamente enquanto acena a um dos moços-de-câmara, que logo se apressa a lançar um toro de carvalho sobre as achas que se consumiram e formam agora um pequeno leito de brasas bom para atear novo tronco.

Mas, prossegue o chanceler no discurso silencioso que tem consigo, se neste dia o meu corpo não aquece sei eu bem a razão e não cabe doer-me com a idade. Hoje, não é o seu frio que me arrepia nem são os anos que me pesam. Ainda não. Hoje este frio é de ansiedade, porque eles hão-de chegar.

É esta certeza que lhe arrefece o sangue. Há já dois dias que vieram mensageiros suados e exaustos, montando cavalos cobertos de espuma, com novas de Castela que somente diziam: é feita a vontade de El-Rei de Portugal. Nada mais os homens sabiam, tal a pressa de quem os enviara, contudo cabe esperar que chegarão em breve.

E há-de ser hoje, repete Álvaro Pais a si mesmo. Sei-o, sinto-o.

El-Rei também o sabe, ou também o sente. Li-lho nos olhos, que esta manhã eram raiados de vermelho e pareciam arder. Se tarda tanto na montaria é porque não lhe sofre a ânsia ficar-se entre as paredes da alcáçova. Porém não andará longe da cidade e quando houver sinal logo será aqui.

Como a pontuar-lhe o pensamento, soam, na distância, os toques das longas. Álvaro Pais estremece, o corpo sacudido por novo arrepio. Bem o dizia eu ou bem o pensava. Não foi muito longe de Santarém. A caça que o atrai não corre pelos campos, há-de quedar-se neste castelo, à sua espera.

E eu também, diz ainda para si mesmo. Eu também aqui me quedo à espera, para tentar...

O quê?

Sacode a cabeça num gesto de irritação preocupada. Agora, incomoda-o o olhar estudadamente inexpressivo e atento dos dois moços-de-câmara, que seguem os seus movimentos. Despede-os com um gesto do braço. Logo que saem, inspira profundamente, retém o ar por instantes e depois expele-o tentando imaginar que os cuidados do momento o abandonam, transportados naquele longo suspiro. Assim pudessem desaparecer todos os cuidados!

Senta-se num escabelo, procura o apoio da parede para repousar as costas. Sente o frio – outra vez o frio – da pedra que lhe trespassa o gibão e o pelote e lhe toca a pele num contacto duro. Mas não, insiste para si mesmo; não é a pedra nem é a idade, é este constante cuidado dentro de mim.

É bom servir um bom rei que tanto olha pelos seus, e tão generoso que usa dizer: afrouxai-me a cinta por que se me alargue o corpo para mais espaçosamente eu poder dar. E com isto, mau grado acrescentar sempre o seu tesouro, fá-lo com bom governo, sem agravar o povo. Um bom rei e bem-amado, por certo.

Contudo, um bom rei deve ter boa fama e palavra inteira. Um bom rei jamais quebra os seus juramentos...

Porque ele jurou. Ele jurou e eu estava lá, vi-o e ouvi-o.

Foi num dia como hoje, recorda o chanceler, fechando os olhos. Foi num dia como hoje, de sol e de vento.

Um dia de sol e vento.

O vento faz rodopiar a poeira e a cinza que não muito antes foi madeira, tectos e portas de casebres incendiados pelos homens de guerra.

O burgo já chorou e enterrou os seus mortos, depois rezou por eles. Agora recompõe-se, ainda a medo. Nos últimos dias começou a confiar, timidamente embora, nas tréguas, na protecção da hoste real, acampada a curta distância, nas constantes idas e vindas de mensageiros, mostrando que as duas partes mantêm as negociações. Neste momento, confia sobretudo na presença da Rainha, ontem chegada com as suas donas e os seus escudeiros, o seu confessor, o seu físico, a sua escolta de cavaleiros e peonagem. E, como reforçando este sinal tranquilizador, ao lado direito do carro cavalgava, armado e couraçado dos pés à cabeça, o arcebispo de Braga, que trazia consigo a sua mesnada.

Foram sinceras as bênçãos e as aclamações que choveram sobre os recém-chegados. Toda aquela gente ama a Rainha, pois nunca se esquece dos pobres. E, lembram os mais velhos, desde o remoto dia em que veio de Castela para casar com El-Rei, então ainda Infante, não cessou, até hoje, de porfiar pela paz do reino. Foi também ela que recolheu, em pranto, o último suspiro da muito venerada e santa D. Isabel, mãe de El-Rei nosso senhor.

Por isso o velho burgo, apesar de ferido e enlutado pela guerra, tomou as galas que pôde para folgar com a vinda da Senhora Rainha. Mas isso aconteceu ontem. Agora, há um novo silêncio no ar, uma nova expectativa, como se toda a gente haja sustido a respiração.

Vinda do sul, aproxima-se uma pequena hoste de cavaleiros armados, com as viseiras dos elmos abatidas. Antes mesmo de poder distinguir claramente a bandeira que trazem, o povo julga ter já reconhecido a armadura negra e o manto escarlate daquele que vem à frente. Nasce um murmúrio que cresce, que se espalha, passa de boca em boca, um incêndio discreto feito em parte de curiosidade, em parte de receio.

– É o Infante. Bofé que é o Infante! Vem fazer a paz. É ele, é o infante.

Isto dizem os murmúrios. Talvez, a Deus prouvera, respondem ou pensam os mais cautelosos. Ao menos, não vem em som de guerra nem traz consigo homens bastantes para acometer a gente de El-Rei. E pois quê, protestam outros, pois com a Rainha pousando no arraial havia ele de o acometer?

As conversas vão morrendo à medida que os cavaleiros se aproximam num silêncio apenas quebrado pelo chocar de metal contra metal, pelas patas e o resfolegar cansado dos cavalos. A hoste entra no burgo mas não se detém, é certo agora que se dirige para o acampamento do exército real.

Só se ouve, aqui e além, o sussurro que diz: é o Infante. O cavaleiro de negro e escarlate avança à frente dos seus, direito na sela, a cabeça imóvel, olhando em frente, o rosto coberto pelo elmo. Mas aquele que vai à sua direita levanta a viseira para limpar o suor da cara e há quem reconheça D. João Afonso Tello. Não cabem mais dúvidas, por força o homem a seu lado é o infante.

Os garotos, os mais atrevidos, seguem em correria na peugada da coluna, logo chamados pelos gritos das mães, ah, Gil, ah, Martim, ó Rui, aonde vais tu, perro, já para aqui. Sob o sol furioso de Agosto, a hoste prossegue, os cavalos ferem a terra com as patas e levantam mais poeira que começa logo a rodopiar.

É um dia de sol e de vento.

No interior da tenda real, que oscila ligeiramente a cada assalto da ventania, Beatriz olha, devagar, à sua volta. O arcebispo, que hoje trocou o elmo pela mitra e a cota de malha pelas vestes eclesiásticas, parece dormir solenemente encostado ao báculo. O escrivão consulta com nervosismo disfarçado o documento que redigiu durante a noite, há-de perguntar a si mesmo se não deverá ainda fazer-lhe emendas. O olhar da Rainha passa depois – agora à pressa, como a fugir-lhes – por Pero Coelho, por Diogo Lopes Pacheco e pelo meirinho-mor, Álvaro Gonçalves, que, pensa ela, não deveriam encontrar-se ali. A sua presença é um gesto de soberba inútil, talvez perigoso. Porque eles estavam presentes em Santa Clara, quando foi pronunciada a sentença, e isso basta para valer-lhes o ódio mortal do Infante. A todos por igual, ainda que um ou outro tenha menos culpa no feito que então se fez. Mas quem pode agora falar de culpas, com o reino retalhado pela guerra que um filho moveu ao pai?

Neste espaço restrito em que as respirações se chocam não há murmúrios nem chamamentos, a tensão é um fardo que pesa sobre todos e lhes rouba a força para falar. Os atalaias acabam de avisar que avistaram o Infante e a sua gente.

A Rainha observa o rosto inteligente de Álvaro Pais, que tomou discretamente uma posição recuada de onde pode tudo observar sem ser notado. Também ele a fita, com uma expressão de encorajamento. Uma corte devia ter mais homens assim, tranquilos, de cabeça fria e capazes de fazer do interesse geral a ambição das suas vidas, prontos sempre a calar a paixão e a dar ouvidos à razão.

Reprimindo um suspiro de fadiga, Beatriz recosta-se na cadeira e levanta a mão num gesto lento até que os dedos tocam de leve a cabeça. Como aquela coroa a oprime, neste momento. Como a esmaga.

Não, reflecte, não é o diadema, pois está já afeita ao seu peso. É outra coisa. O cansaço de uma vida gasta a tentar calar a voz das espadas, a tentar fazer definhar ódios, malquerenças, ambições que lançam uns contra os outros os homens da sua família e atrás deles os seus reinos. O marido contra o sogro, o marido contra o sobrinho e agora, mágoa suprema, o seu próprio filho contra o pai. Tal como este se levantou um dia contra o seu pai, El-Rei D. Dinis.

Pecados velhos pagos com novos pecados. Mas, para ela, uma vida inteira de preces, conselhos, apelos, súplicas, graves conciliábulos com bispos, grandes senhores, conselheiros.

A criminosa, obsessiva paixão do filho pela Castro. Foi culpa nossa, quem sabe, fizemos tudo o que não devíamos ter feito. Ao primeiro olhar apercebido, dele para ela, devíamos tê-la banido do reino, nesse mesmo dia, e em vez disso obriguei-a a ser madrinha do meu primeiro neto, como se um feitiço urdido pelo demo pudesse quebrar-se tão facilmente. Quando ele a tomou como sua e a levou para Coimbra, em desafio à lei de Deus e à lei do reino, devíamos tê-los então apartado e não o fizemos com força bastante. O que ganhámos depois com a morte dela, se não mais escândalo e mais mortes? E três bastardos órfãos, três crianças inocentes privadas da mãe.

Duas dessas crianças inocentes são varões e quando forem homens feitos terão a apoiá-los o poder dos Castro. Os bastardos, na sua inocência, são o mais terrível castigo com que Deus pune o adultério de um rei. Quantas vezes Beatriz viu Portugal, Castela e Aragão divididos, incendiados, ensanguentados pela simples presença desses pequenos anjos que depois se tornam homens e ganham ambição ou excitam a ambição dos outros.

Os bastardos. Ah, não exigir a honra aos homens aquilo que exige às mulheres. Como seria diferente o mundo se a honra de homens e mulheres fosse a mesma.

Toques de charamela, vozes, chiar de arreios. Ele chegou, estará aqui em breves instantes. Empenhou-me a sua palavra, há-de jurar. Não poder eu tomá-lo nos meus braços e beijá-lo. Isso é impossível, bem o sei, pois não é só meu filho, é também o infante, herdeiro destes reinos, que se alevantou em guerra contra El-Rei, seu pai e seu senhor. Mas como é duro ter de ser Rainha antes de poder ser mãe.

O som de passos, no exterior. Ao erguer-se, Beatriz repete a si mesma, obsessivamente – ele empenhou-me a sua palavra, há-de jurar.

O pano que cobre a entrada da tenda é afastado, um homem pára no limiar.

Pedro detém-se ali por instantes. Não encara imediatamente a Rainha. Procura-os, diz para si mesmo Álvaro Pais, que conhece o Infante melhor que todos os presentes, melhor que a sua própria mãe. Procura-os. E ei-los, aí são. Um, Diogo Lopes, de cabeça erguida, os outros dois ligeiramente curvados para não terem de sustentar aqueles olhos que brilham numa chama fria e queimam como a geada.

Pedro contempla-os.

Bem me avisaram que aqui seriam os assassinos e agora folgo de o ter sabido antes, ou havia de me lançar sobre eles ao vê-los. Não quis Deus que os encontrasse em bom tempo, de armas nas mãos, enquanto pelejava contra meu pai. Não quis Deus que a minha sanha, tão bruta e tão justa, me desse a vitória para poder fazer passear o meu cavalo sobre os seus corpos e folgar e rir ouvindo-lhes os ossos a estalar, que os seus gritos haviam de ser o melhor salmo para o ofício da vingança. Não quis Deus e agora aqui os vejo.

O instante destes pensamentos é intenso, porém breve. Pedro avança e dobra um joelho diante da Rainha.

Beatriz sorri, estende-lhe a mão, que ele beija. Então, ao vê-lo tão perto, ao sentir nos dedos o contacto fugidio dos seus lábios, hoje e sempre carne da sua carne, ela não resiste, puxa-o para si, abraça-o. Mas o momento de emoção é passageiro, logo dominado. Quando fala é já outra vez a Rainha e o seu tom é formal.

– Sede bem-vindo, senhor meu filho.

Deliberadamente, abarca com o olhar todos os presentes.

– A Deus prazendo, esta será uma hora de paz e de concórdia. Para todos nós e para o reino.

Ao responder-lhe, a voz de Pedro é mais formal ainda, porque não tem alma nem tem calor.

– Senhora, a vós devemos esta paz – e o Infante, dirigindo-se agora ao arcebispo, termina a frase, antes de se curvar para lhe beijar o anel: – E também a vós, D. Gonçalo.

Calado e quieto, no seu canto, Álvaro Pais repara que Pedro não cessou de lançar olhares fugidios a Diogo Lopes Pacheco, a Pero Coelho e a Álvaro Gonçalves. Uma ideia teima em persegui-lo: ainda agora, que o vejo aqui, não sou bem certo se jurará ou não. Se consentirá em esquecer tanto dano e tanto nojo, de que ele se julga inocente. É mister que o faça, Deus o sabe e ele também, mas fá-lo-á?

Álvaro Pais sacode para longe as suas dúvidas. Atento, atento, esta é cousa para ver, ouvir e lembrar, cada gesto e cada palavra. A Rainha tomou lugar no seu assento. Encostada ao espaldar, as mãos pousadas sobre os braços da cadeira, faz um aceno ao escrivão, que pega novamente na folha de pergaminho e começa a ler em voz alta.

– Aos cinco dias do mês de Agosto do ano de Cristo de 1355, neste burgo de Canavezes, sendo presentes a senhora Rainha D. Beatriz e o senhor Infante D. Pedro, e D. Gonçalo Pereira, arcebispo e senhor de Braga, e muitos ricos-homens e cavaleiros e outras pessoas mui principais, se faz este concerto entre El-Rei D. Afonso, nosso senhor, que por ser ausente depois o jurará e firmará, e o senhor infante D. Pedro, seu filho e herdeiro. Jura El-Rei D. Afonso dar perdão geral a todos os que serviram o senhor Infante e lhe fizeram guerra e por mor do dito Infante o desserviram...

O escrivão interrompe a leitura, interroga com os olhos a Rainha, que faz um aceno de concordância.

– Da mesma forma, jura o senhor Infante perdoar a todas as pessoas que de conselho e de feito, em qualquer maneira, foram culpadas da morte de D. Inês Pires de Castro.

É o momento. Todos os rostos se voltaram para Pedro, cuja expressão dura, fechada, se recusa a que leiam nela o que lhe vai lá dentro. Mas por força jurará, reza em silêncio Álvaro Pais. Fazendo-lhe eco, o escrivão formula a pergunta ao Infante:

– Assim o jurais, senhor?

De novo Pedro, sem mover a cabeça, passeia o seu olhar de geada sobre os três. E no entanto, argumenta Álvaro Pais, repetindo em silêncio o que já disse, em vão, ao Infante, e no entanto Diogo Lopes não tem sobre ele o sangue da Castro. Queria-lhe mal, como todo o reino, mas nada fez. Ao menos esse é inocente, o infante há-de por força...

– Assim o juro.

A voz de Pedro soou nítida, concreta. Ouvindo estas curtas palavras, todos sentem os nervos afrouxar-se. O escrivão, contendo um suspiro de alívio, retoma a leitura com mais facilidade porque se desfez o nó que lhe oprimia a garganta:

– Mais fica acertado que o senhor Infante será em tudo obediente a El-Rei, como bom filho e leal vassalo. E em todos os lugares do reino onde estiver, o senhor Infante usará de toda jurisdição e poder, alto e baixo, e as cartas que der se passarão em nome do Infante, o qual trará consigo ouvidores seus, os quais entenderão sobre os corregedores e quaisquer outros juízes de El-Rei. Porém em tudo guardarão suas leis e ordenações e nos casos das mortes e das condenações de perda de grandes ofícios e terras de seus vassalos, antes da execução da sentença o farão saber a El-Rei para sobre isso mandar o que houver por bem. E os pregoeiros, quando o infante mandar fazer justiça, dirão: justiça que manda fazer o Infante por mandado de El-Rei seu pai e em seu nome...

Álvaro Pais respira fundo.

Ele jurou. A paz voltou ao reino.

A voz do escrivão funde-se com o toque das longas e depois desaparece como um espectro – e era um verdadeiro espectro, o da memória. Trazido à realidade, Álvaro Pais sobressalta-se. O som das longas é diferente, agora, daquele que ouviu ainda há pouco. Está muito próximo, soa no próprio castelo e é diferente.

Corre à janela. Um grupo de homens de armas, escoltando dois prisioneiros que vêm a pé, acorrentados, passou já a barbacã. É impossível distinguir os rostos dos cativos, pois mantêm as cabeças curvadas e a gente que os cerca oculta-os. Não o suficiente para que o chanceler não veja que foram já maltratados.

Hão-de ser eles, bem o sentia. Aí são. Mas só dois? Ao menos, terá El-Rei dado ouvidos à verdade, terá mudado de tenção a respeito de Diogo Lopes?

Fica durante longos instantes a olhar a distância, agora que os recém-chegados entraram. Até que um movimento, atrás de si, o faz girar, voltar as costas à janela. Em sua frente, a poucos passos, está João Afonso Tello. Há entre os dois uma breve conversa muda, feita de pergunta e resposta: são eles, os que chegaram? Sim, são eles.

Álvaro Pais quebra o silêncio. – São dois os cativos, cuido eu.

O conde de Barcelos faz um gesto afirmativo.

– Pero Coelho e Álvaro Gonçalves. Venho de os mandar encerrar na masmorra. Diogo Lopes fugiu. El-Rei vai ouvir esta nova com grande sanha.

– Pensava eu que El-Rei havia dado outras ordens... não importa. Como fugiu ele, e quando?

– De que guisa, não sei. Foi em Castela, antes que o filhassem.

O rosto do chanceler distende-se num ténue sorriso.

– A sanha de El-Rei irá então contra el-rei de Castela e a sua gente. E logo amainará, Deus querendo.

– Cuidais que há razão para esperança? – o olhar de João Afonso iluminou-se. É um homem talhado duramente e curtido em guerras e montarias, no entanto, porque ainda é jovem, é-lhe fácil ter esperança. Mas o sorriso de Álvaro Pais desvanece-se ao dar a resposta:

– Cuido que ninguém sofrerá com a fuga de Diogo Lopes Pacheco. Porém vos digo que a sanha de El-Rei se virará toda inteira contra esses que jazem na masmorra...

O chanceler baixa um pouco a voz para rematar:

– ...Por isso vos proponho aliança e que juntos lhe falemos, se nos der ouvidos.

Antes que o conde de Barcelos possa replicar, entra pela janela aberta o som festivo das trompas de caça, depois o tropel de cavalos e uma vozearia abafada pelo furioso latido dos cães. Os dois conselheiros trocam um longo olhar e nem se apercebem da entrada dos moços-

-de-câmara, açodados, trazendo mais luzes, fruta, vinho, a taça preferida do Rei, em prata lavrada.

Quando estão de novo sós, João Afonso caminha na direcção de Álvaro Pais.

– El-Rei já saberá que eles chegaram?

– Se não lho disseram – replica sombriamente o chanceler –, ele o adivinhou. Nos últimos dias, tardou sempre e correu a caça até bem longe de Santarém. Mas hoje, ei-lo aí. E mal tenha saltado do cavalo, alguém lhe deu a nova, sede certo.

João Afonso dá mais um passo e agora baixa a voz até transformá-la num murmúrio.

– Álvaro Pais, o que fará El-Rei?

É uma rara concessão que o conde de Barcelos, grande senhor e mordomo-mor do Rei, faz ao chanceler. Uma relutante homenagem da juventude à idade madura, do orgulho do nobre à experiência e à inteligência do plebeu. Mas Álvaro Pais já viveu demasiado para se sentir lisonjeado ou movido por um simples gesto ou por uma atitude.

– O que fará, não sei. Sei, como vós, o que ele fez, sendo infante: jurou perdoar aos matadores de D. Inês. Vós também fostes a Canavezes, haveis visto e ouvido.

Por instantes, os dois revêem aquele dia de sol e de vento. Ouvem o escrivão: «Assim o jurais, senhor?» e a voz de Pedro, nítida e fria: «Assim o juro.» Os instantes são breves, depois a recordação desaparece, estilhaçada pelo estrondo da grande porta que se abre para deixar entrar o Rei e, atrás dele, o jovem Afonso Madeira, de rosto fresco e gestos ágeis. Seguem-nos, num cortejo desordenado, fidalgos, monteiros, escudeiros, pajens e os cães favoritos que se espalham, pulam e correm por toda a parte, a latir, farejando, colhendo cheiros que lhes são pouco habituais. A sala enche-se de movimentos e ruídos.

Os olhos de Pedro estão febris, o suor cobre-lhe o rosto. Mas não pára junto da mesa onde os moços-de-

-câmara deixaram o vinho e a fruta. Mal entra na sala, vai em passos apressados até junto dos seus conselheiros, que se curvaram.

– Então, chegaram? São bem eles?

João Afonso endireita-se. Ao falar, modula a voz para a tornar grave, tranquila, na esperança de que essa tranquilidade possa contagiar o Rei.

– São eles, senhor.

Pedro deixa escapar um suspiro que é satisfação e uma espécie de felicidade feroz. Só então se dirige para a mesa e serve-se de vinho. Bebe dois goles sôfregos, mas de repente uma derradeira dúvida leva-o a baixar a taça.

– Os três? Dizeis bem que são os três?

E João Afonso, com a mesma tranquilidade deliberada:

– Álvaro Gonçalves e Pero Coelho são chegados, senhor, e bem guardados na masmorra...

Pedro interrompe-o:

– Esses dois, só esses dois? E Diogo Lopes Pacheco?

– Temos recado – prossegue o mordomo-mor – de el-rei de Castela. Diogo Lopes conseguiu fugir à gente que ia por ele e passou a Aragão e depois foi-se a França.

A taça voa da mão de Pedro, o vinho espalha-se em redor, a taça tomba e rola nas lajes do chão enquanto os presentes recuam. Todos menos João Afonso e Álvaro Pais. O chanceler, que intuiu a vontade de João Afonso, usa o mesmo tom repousado e grave para dizer:

– Senhor, sofra vossa mercê que lhe diga, Diogo Lopes não teve culpas na morte de D. Inês, antes porfiou por...

– Culpas, sei eu quem as tem e Diogo Lopes é o mais principal!

A fúria faz cambalear o Rei, que começa a andar pela sala ao acaso, como procurando um lugar onde o ar seja mais puro e possa respirar melhor, enquanto um escudeiro, com movimentos discretos, para não ser notado, recolhe a taça de prata e a coloca sobre a mesa.

– Traição, traição! – rosna Pedro, continuando a vaguear pela sala. Eu cumpri a minha avença com el-rei de Castela. Entreguei-lhe D. Pedro de Gusmão e Mem Rodrigues Tenório e Fernão Godiel de Toledo e Fernão Sanches Calderon. E ele me deixa fugir Diogo Lopes...

Então, Álvaro Pais ouve a sua própria voz, como se fosse a voz de um estranho, dizer, sem que antes o pensasse conscientemente:

– Assim é, senhor. Esses que dizeis, vós os entregastes a el-rei de Castela, depois de lhes haverdes dado acoutamento e segurança em vossos reinos.

Cai um silêncio feito de incredulidade e de medo. Ninguém, a não ser o chanceler-mor, ousaria dizer tal coisa ao Rei, lançar-lhe em rosto a quebra da palavra dada. Mesmo na sua boca, porém, aquela frase soa, cheira a perigo. João Afonso domina um arrepio. Olha fixamente Álvaro Pais, tentando transmitir-lhe uma mensagem de alerta: calar, calar, já foi dito o que ele não quer ouvir. Mas o outro mantém os olhos postos em Pedro. E Pedro não responde. Estende o braço. Afonso Madeira, que lhe adivinhou a vontade, traz-lhe a taça novamente cheia.

Deixai-me só.

Os monteiros chamam os cães. Num tumulto que todos se esforçam por moderar, a sala esvazia-se rapidamente enquanto Pedro acrescenta no mesmo tom duro que usou:

– D. João Afonso, mandai que tragam aqui Pero Coelho e Álvaro Gonçalves. Afonso Madeira, vós ficareis e tangereis para mim.

A última frase, dirigida ao jovem escudeiro, foi dita com uma inflexão diferente, mais suave. Álvaro Pais captou essa diferença, que já esperava. Por isso, ao encaminhar-se para a saída, trava o braço de Afonso Madeira e murmura-lhe ao ouvido:

– Se curais da sua honra, porfiai por demovê-lo de castigar Pero Coelho e Álvaro Gonçalves...

Depois segue caminho, deixando o rapaz a olhá-lo, perturbado com a missão que assim tão inesperadamente lhe foi confiada. Sente esse olhar pregado às suas costas, mas abandona a sala sem se deter e os dois guardas, mal ele sai, fecham a porta.

Como já esperava, o conde de Barcelos, a quem não escapou esta manobra, encontra-se parado no corredor, pronto a retomar o assunto que os preocupa. A uma interrogação muda, responde: esse escudeiro, Afonso Madeira, não é moço de muito siso e em verdade não me parece boa cousa a privança que tem com El-Rei, mas quem sabe, talvez hoje queira e possa fazê-lo ouvir a razão.

Sim, diz o conde, El-Rei quer muito a Afonso Madeira. E baixa a cabeça num embaraço que pretende esconder. Álvaro Pais desafia esse embaraço:

– Muito. De mais.

Na corte não é segredo estritamente guardado, essa afeição do Rei pelo escudeiro. Os que o conhecem melhor, e sobretudo aqueles que o amam, dizem a si mesmos que ela há-de ter nascido, como fruto de árvore envenenada, do violento desconcerto interior que abalou Pedro ao saber da morte de Inês. E a si mesmos repetem que ele continua a procurar a companhia de mulheres, tanto assim que, no próprio ano em que foi aclamado rei, uma certa D. Teresa Lourenço, dama galega, deu à luz um filho seu, agora entregue aos cuidados do mestre da Ordem de Cristo.

No entanto, o assunto perturba-os e por isso Álvaro Pais apressa-se agora a continuar:

– Porém vos digo que eu pediria, Deus se amerceie de mim, eu pediria até ao demo, se tal fosse de proveito, para que El-Rei poupasse Pero Coelho e Álvaro Gonçalves. É bem triste ver dois homens tão principais, um juiz, o outro meirinho-mor do reino, jazendo na masmorra como malfeitores.

João Afonso encolhe os ombros, pouco impressionado. A sua preocupação é outra, não pensa nos prisioneiros e sim em Pedro. A mim, replica, dói-me sobretudo que ele possa quebrar a sua palavra, que é feia cousa e pecado maior por ser palavra de Rei.

– Já a quebrou, pois aí os tendes, cativos. O mais que venha a fazer...

– Mas ele jurou! Vós o ouvistes como eu, em Canavezes, ante a Rainha e o arcebispo de Braga. El-Rei põe a sua alma em grande perigo.

Álvaro Pais suspira, cansado. Sim, põe a alma em perigo. Contudo, no seu íntimo, não é isso que mais o atormenta. Porque, para ele, amando embora Pedro, como ama, a salvação do reino está acima da salvação da alma do Rei. Mas para não melindrar escrúpulos de cavaleiro, escolhe cuidadosamente as palavras.

– Por ora, o que me dá mais cuidado é que El-Rei perderá a sua boa fama. Todos dirão que os reis de Portugal e de Castela erram muito, indo contra as suas verdades. Não é boa cousa, essa. Se a nova chega a Roma, aí teremos o Papa a meter-se em negócios de Portugal. E depois, senhor, qual é a culpa de Pero Coelho e de Álvaro Gonçalves?

Os dois caminham devagar, lado a lado. Ao ouvir esta pergunta, João Afonso pára. A culpa? Pela Santa Virgem, a culpa é conhecida, vós o sabeis como eu. A morte de D. Inês, a quem El-Rei tanto queria.

É bem certo, pensa Álvaro Pais, que o conde de Barcelos cuida do Rei antes de cuidar do reino e todo ele se inflama com histórias de amores, de donas e donzelas. É bem certo que nele falam mais alto a idade e a condição.

– Sim, D. Inês. Porém a sua morte foi sentença de El-Rei D. Afonso. E... direis vós, senhor, em vossa consciência, que o reino não corria grande perigo por mor de D. Inês? Direis vós, em vossa consciência, que a vida do senhor Infante D. Fernando estava segura enquanto ela vivesse?

João Afonso não responde imediatamente. Por muito que a ideia o incomode, sabe que o chanceler tem razão. Eu o diria, Álvaro Pais, murmura. Eu o diria, se D. Inês de Castro não houvesse parentes tão poderosos e com tanta ambição. Porque sem tais irmãos, ela me parecia inocente.

Talvez, replica Álvaro Pais sorrindo com tristeza. E nada mais adianta.

Pareceria inocente, sim, é sempre esse o efeito que a beleza produz na juventude e até nos mais velhos, que deveriam ter mais siso. E Inês era bela. Mais que isso, resplandecia como o sol das manhãs de Verão, trazia consigo a doçura, a graça, a nobreza das terras de Galiza. Mas que importa, se atrás dela pairavam os irmãos, como espíritos do Mal.

Álvaro Pais sabe-o bem. Não esquecerá em toda a sua vida a visita que D. Álvaro e D. Fernando de Castro fizeram a Inês, quando já a corte fervilhava de rumores porque era certo que Pedro, então infante e herdeiro, a amava e a sua mulher, D. Constança, morrera de parto.

Álvaro Pais sabe o que se passou durante essa visita como se houvesse estado presente, pois pagou bem caro a Martim, o bobo do Infante, hoje do Rei. Martim, que sabe deslizar como sombra, confundir-se com reposteiros e colunas para tudo ver e tudo ouvir. E chamam-lhe louco!

Inês estava linda, nesse dia. Muito alegre, respondia aos gracejos de Fernando, o mais novo dos dois irmãos. – Colo de garça, eu! – exclamava a rir. – Pois viestes de Castela só para me dizer sandices? Andaï, guardai esses galanteios para outras donzelas a quem quiserdes partir o coração.

E Fernando, sorrindo, replicava:

– Não são meus os galanteios, nós os ouvimos desde que entrámos em Portugal. E assim, sois vós que partis o coração dos moços, na corte de El-Rei D. Afonso.

Mas já Álvaro, maciço e sombrio, intervinha, impaciente por falar de coisas mais sérias:

– Dizem mesmo que é vosso o coração do mais principal de todos esses moços.

– ...O Infante – completou Fernando, baixando a voz. Inês tornou-se repentinamente grave.

– Ah, agora vos entendo. Assim me faláveis falso.

– Falso? Pois o Infante não vos quer?

Falso, repetiu Inês, porque decerto vos falaram mal de mim, e não bem. Decerto vos disseram que enfeiticei D. Pedro. Sois meus irmãos, devíeis conhecer-me melhor, nunca eu alevantaria os olhos para o Infante. De mais, sou madrinha do seu primeiro filho.

E Fernando, com o seu sorriso de moço ardiloso:

– Que já morreu, pobre infantezinho.

Inês continuava a defender-se enquanto cedia: – Mas que posso eu? Vós não o conheceis... Sim. Eu amo Pedro, não me julgueis mal.

Então, contou Martim, o mais velho, Álvaro, teceu outra malha na intriga afivelando a máscara da falsa virtude, que era também a máscara do verdadeiro orgulho:

– Julgar-vos mal? Não falamos nós aqui de amores de pastoras com bufarinheiros. Julgar-vos mal? Vós sois uma Castro! D. Pedro é infante e será rei! Não cabe aí julgar e vós sois bem acima de todo esse maldizer.

Logo a secundá-lo, Fernando sussurrava:

– Atentai, Inês, que esse amor que o Infante vos tem é a vontade de Deus ordenando as vontades dos homens. Haveis de saber o que o destino entregou nas vossas mãos...

E mais insinuante ainda, rematava: – ...Uma coroa, Inês. Rainha de Portugal.

– Não cuido eu disso!

Mas o riso dela, disse Martim, não era descuidado, nem a ideia lhe era de todo estranha. O irmão, Fernando, há-de tê-lo entendido, pois prosseguiu:

– O Infante é moço, e ama-vos.

E no reino, só ele me ama, retorquiu Inês, cautelosa. De mais, bem sabeis que um novo casamento haveria de ser decidido por El-Rei.

Então, Álvaro decidiu-se a falar de modo ainda mais claro, o que fez Martim recuar, recolher-se para não ser descoberto, pois disso, compreendeu bem, dependia a sua vida:

– El-Rei D. Afonso de Portugal há-de morrer, como todos os outros reis. Por fim tudo dependerá da vontade do Infante e da vossa. Vou falar-vos sem rodeios: pela minha voz, é a vossa linhagem que vos diz: haveis de ser rainha. E direis vós, sem mentir, que tal não vos apraz?

O breve sorriso de Inês traiu a sua vontade mas também a sua indecisão. Decerto ainda lhe parecia coisa demasiado grande e ousada.

Impacientes, Álvaro e Fernando descobriram todo o seu projecto. Vede, o que vos espera não é só o ser Rainha de Portugal, é mais, muito mais, se não vos perderdes com enleios. Olhai para a banda de Castela, onde el-rei é uma criança fraca e doente. Se vier a morrer, quem poderá suceder-lhe? O único herdeiro legítimo é o infante D. Pedro de Portugal, por ser tio de el-rei de Castela! Muitos fidalgos castelhanos, e dos melhores, hão-de preferir um herdeiro legítimo a um bastardo! E vós, sendo Rainha de Portugal, sereis também Rainha de Leão e Castela. Rainha e mãe de reis.

– Mãe de reis? – espantava-se Inês – D. Pedro já tem herdeiro...

Fernando respondeu-lhe num fio de voz enquanto o mais velho, talvez para esconder o seu último e inconfessável desígnio, desviava o rosto.

— Um herdeiro, é verdade. O infantezinho D. Fernando. Tão criança e tão fraco. Quem sabe se viverá.

A estas palavras, apressou-se Martim a contar para a libertar de suspeitas – pois também ele sentia o feitiço de Inês, colo de garça –, a estas palavras ela respondeu com sincera repulsa:

— Vede como traçais vosso caminho sobre a morte de reis e de infantes!

Álvaro retomou a capa da virtude:

— Não seremos nós mas Deus, se tal acontecer. Nós, ajudaremos a vontade divina. É mister que D. Pedro defenda os seus direitos em Leão e Castela.

Então houve um silêncio, durante o qual os dois a espiavam, dizia Martim, como abutres. Por fim, ela perguntou:

— Quereis vós que lhe fale de tais cousas?

Nós o faremos, disse Álvaro, nós o faremos se nos levardes à presença do Infante.

Ao ouvi-lo dizer isto, Inês pareceu ter decidido confiar à sorte a sua decisão e o seu destino.

— Ver os meus irmãos com o senhor Infante? Grande gosto terei!

E depois, afastando o assunto que tanto a perturbava, continuou, a sorrir: — Dizei-me agora novas do senhor nosso pai...

Tudo isto contou Martim a Álvaro Pais, anos atrás. O chanceler repara que João Afonso o observa, intrigado com tão longa pausa. Com um ligeiro encolher de ombros, diz-lhe então:

— Não, por minha fé, Pero Coelho e Álvaro Gonçalves não são culpados, pois tiveram no seu entendimento as razões do reino...

O seu olhar alonga-se até ao fundo do corredor, até à porta da sala onde Pedro se encontra com Afonso Madeira.

– Porém vos direi mais: neste dia de hoje, receio que falarão só as razões de El-Rei.

Pedro apoiou as duas mãos sobre o tampo da mesa, curvado um pouco para a frente, como se lhe faltassem as forças. A ânsia que sente – de ver aqueles dois, de os ouvir, de os sentir plenamente em seu poder – a ânsia que sente é tão forte que o queima por dentro e rouba-lhe a energia física. Tanto tempo à espera, tanto tempo que esperámos, eu e tu, Inês, para que a nossa vida começasse enfim a cumprir-se. Mas ela começa agora, verás. É uma jura que te faço.

Afonso Madeira tem os olhos colados às costas do Rei e aguarda uma ordem, um sinal, um simples indício da sua vontade. Hesita em mexer-se ou falar. Conhece já estes silêncios. Sabe que muitas vezes, nos ardores da caça, em folganças com o povo, no íntimo da alcova e até mesmo em reuniões do seu conselho ou quando faz justiça, muitas vezes o Rei se ausenta. Ausenta-se ainda que o seu corpo ali fique, visível e tangível. É um entrar em si mesmo, um retirar-se do mundo.

Afonso Madeira teme essas ausências porque ele, quando regressa, vem triste e com um brilho de saudade, um brilho desesperado no olhar. Por isso quer quebrar este mau encantamento. El-Rei mandou que eu tangesse, pensa então, e quem sabe a música o desenfadará. Devagar e sem fazer ruído pega no alaúde que jaz esquecido sobre uma almadraquexa. Porém, quando os seus dedos pousam nas cordas, a voz de Pedro, rouca e lenta, imobiliza-o:

– Tu bem os viste, Afonso. Aquelas caras. Todos. Todos se arreceiam da minha justiça. Querem perdão e vida para os assassinos. Sou em crer que os teriam ajudado no mau feito, se pudessem.

Afonso Madeira domina o frio que o invade. É preciso que a sua voz seja firme e doce, é preciso cativar o Rei.

– Não, meu senhor, não creiais tal cousa. Eles só se arreceiam por vós e não pelos cativos. Eles só se arreceiam porque...

Morrem-lhe na garganta as palavras mais difíceis de dizer.

– Porque...? Acaba.

E Afonso Madeira, num sopro: – Sofrei que vo-lo diga e não me queirais mal. É que, bem o sabeis, sendo infante, haveis jurado...

Interrompe-o um «aaah» prolongado, uma espécie de rugido. Mas agora tem de terminar.

– Senhor, eles só temem pelo vosso nome, pela vossa boa fama, pelo que as gentes possam pensar ou dizer de vossa mercê.

– O que as gentes pensam ou dizem. Sim, nisso eles pensam. E eu, o agravo que sofri, o feito que esses dois fizeram?

O moço aproxima-se de Pedro, de modo a que este não perca uma única palavra sua.

– Entendei que eles pouco sabem o que vos ferve na alma. Eu sei, sei que o vosso juramento foi somente forçado pela paz do reino. Nem outra cousa podia ser, pelo vosso grande amor a D. Inês, um amor que ainda vive como se ela viva fosse.

Pedro, que se virou para ele, abre-se num sorriso que é emoção e é ternura.

– Como tu me conheces, Afonso. Só tu.

A isto responde o escudeiro, dando ao rosto aquela expressão de fragilidade e de inocência que o torna ainda mais jovem, que o faz tão querido das mulheres e que, um dia, seduziu o Rei a ponto de o arrancar por momentos ao perpétuo luto por Inês:

– É que vos tenho mais amor que os outros. E haveis-me falado tanto de D. Inês que eu bem entendo que queirais lavar o seu sangue.

Sim, ele diz isto. Lá fora, pensa o jovem, Álvaro Pais há-de esperar, de olhos cravados na porta, que o ânimo do Rei se altere por sua intercessão. Ele entendeu, porém, que o mesmo será esperar ver um rio correr para a nascente. Afonso Madeira já não cuida mais dos desejos do chanceler. Fez o que pôde, disse o que estava ao seu alcance. Agora, tem de seguir o Rei no seu sonho, para não o perder. Há nisto o seu interesse e também uma afeição sincera. Acima de tudo, intuiu que no espírito e na alma de Pedro nada nem ninguém poderá dominar a imagem de Inês. Acima dela estará hoje o reino, talvez, mas somente o reino. Nenhum homem e nenhuma mulher.

A voz de Pedro, ao responder-lhe, interrompe-lhe o curso do pensamento.

– Lavar o seu sangue? Não, Afonso, não dizes bem. Tivesse eu recolhido o seu sangue, haveria de o trazer comigo, encerrado em relicário santo. Até isso me foi negado. Mas se o não posso ter, hei-de ao menos vingá-lo.

É Pedro que se aproxima agora, lentamente, enquanto fala. – Que sabe o mundo de juramentos, Afonso? O juramento que eu lhe fiz, a ela e não ao meu pai e a minha mãe, o juramento que lhe fiz, só esse é verdadeiro e só esse conta e só esse me prende.

Afonso Madeira tenta desesperadamente afastar a imagem da ausente, que enche e domina a sala e lhe rouba a atenção, o olhar de Pedro. A imagem da morta é, bem o sabe, capaz de varrer todos os vivos para a sombra do esquecimento.

– Afonso – murmura o Rei – nunca houve nem haverá no mundo amor como este.

E o jovem, num último protesto:

— Por vezes, olho-vos e sinto receio. Cuido que ela está aqui, entre nós, cuido que ainda a vedes.

Justamente, Pedro vê-a. Em sonhos e em sombras. O mundo em que vivo verdadeiramente, é esta a ideia que lhe acode, o mundo em que vivo é só feito de sonho e de sombra porque a luz, essa, roubaram-ma quando a mataram. A minha luz vinha dos seus olhos.

Sim, Pedro vê-a. Sempre. Por vezes, até nos rostos graves dos seus conselheiros, mais vezes porém no rosto claro deste escudeiro, a ponto de não saber já quem está na sua frente e foi essa confusão, foi essa ilusão que um dia o levou a tomá-lo nos braços. Mas hoje não quer que isso aconteça. Sacode a cabeça para afastar os dedos da sombra e ordena roucamente:

— Vai-te agora, Afonso. Deixa-me só.

O alaúde volta ao seu leito, na almadraquexa que recobre uma grande arca. Afonso Madeira aí o deixa a repousar, antes de sair.

Pedro olha à sua volta. Está só. Assim aguardará a chegada de Álvaro Gonçalves e Pero Coelho, que já tardam, parece-lhe.

Só com os seus fantasmas. Que mais sou eu, senão um fantasma que só pode ser rei mas já não pode ser homem. Morto por dentro o homem, que o fantasma cumpra os deveres de El-Rei, que por todos há-de velar e a todos há-de fazer justiça, grandes e pequenos, ricos e pobres, mais até a estes, que mais fracos são.

Mas quem, pergunta Pedro enquanto olha o seu próprio rosto reflectido na sombria superfície do vinho que tem na taça, mas quem me fez justiça a mim, era eu infante e herdeiro do reino e agravado e ferido pelo maior mal? Os que sujaram Inês com as suas línguas imundas, aí andavam, ledos e folgados. Os que calaram o crime que se tramava, ficaram mui postos em seu sossego. E os que a mataram, com mão tão certa como a do carrasco, esses, como os vi eu prazenteiros, comendo suas viandas, bebendo o vinho de suas vinhas, fazendo boa maridança com suas mulheres e até cantando na santa missa, como se fossem homens cristãos e não bestas-feras.

Sim, e El-Rei também, El-Rei D. Afonso de Portugal, meu santo pai, era um deles, e o mais principal, pois foi sua a sentença.

As recordações excitam-no, fazem-lhe correr o sangue mais depressa e subir-lhe à cabeça, como se para lá se tivesse mudado o coração. Assim foi, assim foi, porém hoje D. Afonso já não reina em Portugal e as bestas-feras jazem na masmorra à minha mercê e haverá de novo justiça, porque um rei-fantasma a fará, sobre grandes e pequenos, ricos e pobres. Sobre os vivos e também sobre os mortos. Roubaram-te de mim, Inês, mas não sabiam que assim mesmo te punham para sempre em mim. Para sempre, até ao fim do mundo.

Um fantasma dentro de um fantasma, ambos num mundo de sombras, a recordar outro tempo em que viviam no mundo dos homens e sentiam na pele o calor do sol, o vento e as carícias que um ao outro faziam.

Ah, a lembrança da vez primeira.

A lembrança da vez primeira, temperada com a delícia do segredo, das coisas escondidas.

Ao sair de Chaves, noite ainda, vestido como se fosse para montaria, já Pedro faz galopar o seu cavalo. Javalis, cervos e lobos podem andar sem receio, que o Infante de Portugal não pensa hoje neles.

O dia nasce e cresce, o sol vai alto, mas ele não pára. Galopa em frente, sem se deter, salta regatos e cercas, pisa terras de centeio e de vinha, não vê pastores nem rebanhos que se tresmalham espavoridos à sua passagem. Não pára para comer, não dá descanso aos que o seguem, esgota a montada na corrida. Quer entrar na Galiza e respirar o mesmo ar que ela respira, quer ver as muralhas de Monterrei, de que tem ciúmes porque a cingem como num abraço protector.

Quando, por fim, os companheiros – poucos e de confiança, para que o segredo fique bem seguro – avistam homens de armas ao longe (um raio de sol fez brilhar subitamente o aço de um arnês) e lhe pedem que sofreie o cavalo, que seja prudente, ele não lhes dá ouvidos, antes incita o animal. E tem razão, a sua ânsia não o enganou, é gente da mesnada dos Castro, vinda para saudá-lo e dar-lhe escolta. O próprio D. Fernando vem à frente, de sorriso aberto. Tudo foi combinado com grandes cautelas, mas ainda assim o jovem Castro quer ter uma derradeira certeza, por isso a sua saudação é quase uma pergunta:

– Bem-vindo a terras de Galiza, bem-vindo a Monterrei, senhor.., folgo que vosso pai vos haja permitido esta visita...

Pedro compreendeu e responde com uma alegria travessa: – Não o sabe ele, D. Fernando! Eu somente mandei dizer a El-Rei que ia a Chaves por mor de fazer justiça em seu nome, e essa era a minha tenção. Esta manhã, saí em montaria para desenfadar e bem vejo agora que já não sou em Portugal...

Enquanto fala, aproxima o seu cavalo do de Fernando e baixa a voz, mas não abandona o sorriso nem a alegria:

– ...E aqui me tendes, como antes havíamos aprazado.

Depois, sentindo-se num sonho, cavalga ao lado de Fernando. Como num sonho, avista Monterrei, o castelo aninhado no alto da sua colina, dominando tudo em redor. Como num sonho atravessa o burgo, passa a barbacã, como num sonho recebe as boas-vindas de Álvaro de Castro. E é ainda como num sonho que se ouve a si mesmo perguntar:

– E vossa irmã, D. Inês? Os ares de Galiza já a curaram daquela triste melancolia que a roubou à corte de Portugal e ao serviço da Infanta minha mulher?

Ao que Fernando, com o sorriso ardiloso que Pedro já conhece, responde:

– Ela mesma poderá dizer-vos.

E Inês ali está, entrou silenciosamente na sala enquanto eles falavam.

A cama revolvida, os lençóis sulcados pelos corpos. O sereno assombro das sensações passadas, o assombro de ter vivido momentos tais que só os conhecia de os ouvir tenuemente sugeridos no canto de segréis e trovadores.

Inês está imóvel, deitada sobre as costas, com os olhos fechados e a boca a desenhar um leve sorriso. Não há palavras que a descrevam, segréis e trovadores nenhuma trova poderiam fazer que a retratasse.

Um pano de linho fresco, a sua alvura manchada pelo sangue da iniciação. Pedro olha-o, pega nele. Entre os dois, nada é feio ou impuro. Pega nele, os seus dedos acariciam com ternura o sangue que o linho embebeu.

Inês abre os olhos, surpreende-lhe a carícia. Esse pano, murmura com suavidade, há-de sair daqui mui escondido, não poderá ser mostrado com risos e cantos e folguedos, na manhã do meu primeiro dia de casada.

E se eu te disser, responde Pedro, que para mim esta vez foi também como a vez primeira? Se te disser que fui aqui como donzel e não homem que já conheceu mulher? Que aprendemos juntos o que hoje fizemos? Ah, palavras, encontrar palavras... perdoa-me: não sou trovador, como el-rei meu avô.

E eu, diz-lhe Inês, não sou uma santa, como a senhora rainha tua avó.

Olham-se em deslumbramento. Abraçam-se de novo, agora não para o amor mas para a ternura, para sentirem os dois corpos sem distância. E riem como adolescentes.

– Porém, santo eu fui – afirma Pedro, ainda a rir – pois resisti tanto tempo. Mas agora, ninguém pode separar--nos.

Então, Inês fica séria. As palavras dele vieram recordar--lhe que em torno daquele espaço encantado que ambos construíram há um outro mundo, hostil, que os espreita.

– Não sei como isso há-de ser. Hoje temos este segredo, é verdade. Os segredos têm vida curta.

Ao ver a interrogação nos olhos de Pedro, acrescenta:

– Murmura-se na corte e a Infanta já me fala de outra guisa.

Inês suspira e diz ainda: não lhe quero mal, antes entendo bem o seu malquerer.

Mas Pedro recusa-se a deixar que o mundo exterior os agrida.

– Ela é minha mulher, é infanta, há-de ser rainha. Outras têm pior sorte, outras poderão queixar-se com mais razões.

Pega novamente no pano manchado de sangue, leva-o ao peito como se fosse uma relíquia.

– Conheço eu uma, D. Inês de Castro, filhada por um infante casado com outra dona.

– D. Inês não se lamenta. Mesmo quando te souber na alcova da Infanta. Eu havia de querer-te bem e desejar o teu corpo ainda que não foras quem és, o futuro Rei de Portugal e do Algarve...

Num movimento súbito, deita-se sobre o corpo de Pedro e termina a frase com a boca roçando os lábios dele:

– ...E quem sabe, de Leão e Castela.

Algo na sua voz o alerta. Confusamente, suspeita que já não estão sós, pois as vozes do mundo exterior, e com elas as suas paixões, entraram na alcova trazidas pelas palavras de Inês.

— Isso dizem-no os teus irmãos. Que é meu direito, se o meu sobrinho D. Pedro morrer. Pensas então como eles?

Inês não afasta o rosto, quer que ele a sinta bem perto. Os meus irmãos, responde, amam-te como príncipe e senhor, querem-te Rei de Portugal, Leão e Castela, e as bandeiras de Aragão, Valência e Barcelona atrás da tua.

— E tu?

Mas agora, Inês não quer mais nada a afastá-los, nada que possa quebrar o encanto. Abandona o leito, envolvida num lençol. Vai até à mesa onde estão os castiçais, o pichel de vinho. Depois, sentindo-se envolvida pelo olhar de Pedro, regressa para junto dele e pega, por sua vez, no pano manchado de sangue.

— Tu és o meu rei. E esta, a minha bandeira. Não quero outro rei nem outra bandeira. Já o disse, eu havia de querer-te ainda que não foras quem és. Chego a desejá-lo, pois assim seria mais tua.

Há um silêncio. Enfim, Pedro solta um longo suspiro.

— É bom saber que desejarias o meu corpo ainda que eu fora vilão de beetria ou pastor de rebanho perdido nas serras. Mas eu, não posso nem quero esquecer quem sou. Quando for rei, isso bastará para encher os meus dias de cuidados e trabalhos. Uma só perfeição herdei da minha avó… a que foi santa, quero dizer. Ela tinha a gente do povo como filhos seus. Eu também. Ser rei é ser pai. Porém um pai com tantos filhos, nunca repousa nem dorme a noite inteira. Será então pecado querer um pouco de felicidade?

Eu estou aqui, responde Inês. Senta-se na beira da cama, ao seu lado.

– Eu estou aqui. Não és feliz?

Pedro continua sério, o rosto virado para o tecto.

– Aqui, contigo, sou feliz. Escondidos na Galiza, que é a terra que te viu nascer. Mas em Portugal, na corte... quando entro na alcova da minha tão virtuosa esposa, hei mister rezar e dizer em voz baixa que sou infante, que todos os meus irmãos morreram e Portugal precisa de outros herdeiros.

Inês não se esqueceu, demais conhece os obstáculos que se levantam entre os dois. Não por o Infante se prender a outra que não a sua mulher legítima, mas porque esta prisão, este amor, ambos querem que seja exclusivo, em desafio (ela bem o sabe e de o saber sente-se entontecida e assustada) das leis de Deus, das leis do reino, do querer de El-Rei D. Afonso e da Rainha e dos grandes e pequenos. Todo esse mar de perigo e de inimizade a submerge por instantes, a ponto de murmurar:

– Pedro. Esta nossa afeição é condenada.

– Nunca!

A voz dele explode como trovão. Mas Inês prossegue, no mesmo tom:

– D. Constança adivinhou há muito. Cuidas que aceitei com alegria ser madrinha do vosso primeiro filho? A Rainha chamou-me à sua câmara e disse-me: sois parenta do infante meu filho, sereis madrinha do meu neto D. Luís; eu vo-lo ordeno. Assim nos ligaram por mais este parentesco. Assim nos ligaram para nos afastar. Sim, Pedro, sabiam-no, mesmo antes de ser verdade.

E então, neste exacto momento, mal acaba de falar, Inês dá o primeiro passo para a morte que há-de perpetuar o seu nome. Ao falar, compreendeu subitamente o sentido último das suas próprias palavras e a gravidade deste amor que acaba de consumar em segredo o seu primeiro acto físico. Mas ao mesmo tempo, compreendeu também que não quer renunciar. Não quer renunciar nem ao homem que ama nem ao Infante cujo destino – mau grado o que disse há pouco, por artifício – a seduz e perturba como um perfume demasiado forte. Ama de mais e talvez ambicione de mais, também afinal, nem ela mesma conhece a fronteira que separa os dois sentimentos.

E por isso recusa a primeira oportunidade de voltar atrás. Não altera os seus argumentos, mas muda-lhes a intenção e dá-lhes, com o seu sorriso, um novo efeito: agora, subitamente receosa de que eles possam desencorajar Pedro, o que pretende, ao insistir, é exacerbar a sua vontade de resistência.

– O nosso amor é condenado, Pedro. Em todo o lado, só vejo peias e malquerenças. Sou madrinha do teu primeiro filho...

– ...Que sobreviveu poucos dias ao baptismo – atalha Pedro num tom duro. – O Infante D. Luís morreu.

Mas o vínculo não, responde Inês, e acrescenta: há outras peias, outros ódios. E o principal vem da afronta a D. Constança, tua mulher legítima.

Pedro afasta com um gesto a ideia e a imagem de Constança.

– Eu quero-te e tu queres-me. Tu queres-me, Inês...?

Deus é testemunha, diz ela. O primeiro e único amor da minha vida. Mas Deus não pode aceitar este amor.

Finalmente, ao invocar Deus, Inês coloca-se, a ela mesma e a Pedro, perante a maior e a mais terrível prova.

O silêncio que volta a pesar sobre ambos e a luz das lâmpadas que iluminam a alcova criaram uma atmosfera solene, quase mística. Pedro estremece, envolve-se melhor na manta que arrancou do leito para com ela se cobrir. Lançada em volta do seu pescoço nu, a manta, um pesado agasalho de pele, como que evoca o manto real que um dia pousará sobre os seus ombros. Pedro ajoelha-se lentamente no chão diante de Inês. Lentamente, pronuncia o seu compromisso como uma oração.

— Sim. Deus é testemunha. Na Santa Missa, o vinho abençoado muda-se no sangue do Senhor Jesus Cristo. Aqui, nós somos sós e não havemos esse poder sagrado. Mas Deus vê em nossos corações, pois Ele é o Senhor de Todas as Cousas. D. Inês de Castro, sede minha mulher diante de Deus, se o não puderdes ser aos olhos do mundo.

Entre os dois, não há aqui, agora, intriga nem ambição nem cálculo.

Nem sacrilégio. Para haver sacrilégio tem de haver consciência e desafio, porém Pedro e Inês, frente a frente, ajoelhados no chão, junto da cama onde ele cometeu adultério e ela se entregou sendo virgem e não casada, Pedro e Inês são por instantes duas crianças que pensam ter cumprido a vontade de Deus, que disse simplesmente: amai-vos. São instantes breves, esses da sua inocência primordial, mas são absolutos na pureza e na intensidade.

Depois, no instante seguinte, tudo se renova e muda, os enamorados voltam a ser amantes e o regresso da não-inocência é violento. Rolam no chão enlaçados, procurando-se mesmo depois de se terem encontrado, exasperados, incapazes de conter a fome e a sede mesmo depois de a haverem saciado.

Atrás de si, um ruído de correntes a arrastar no chão trá-lo bruscamente, violentamente, de regresso à realidade. Pedro volta-se, olha em redor, quase sem distinguir as pessoas e os objectos que o cercam.

Logo a vista se lhe torna nítida, os olhos bem focados, ao deparar com dois rostos, dois rostos por que há muito ansiava. A sala encheu-se outra vez de gente. Ali está Afonso Madeira, e Álvaro Pais, e o conde de Barcelos, e outros grandes senhores, e guardas, e escudeiros, e moços-de-câmara. Porém ele só atenta nos dois homens que são lançados para a sua frente, cobertos de ferros e de andrajos, restos esgaçados dos fatos que lhes arrancaram do corpo ao deitarem-lhes as mãos.

O seu olhar devora-os. Eles sentem-lhe o peso, recuam um passo.

Como vos desejei aqui, diz Pedro em silêncio, consigo mesmo. Como vos desejo assim, desde que vos vi em Canavezes, inchados e seguros da protecção de meu pai. Como ardi na fome e sede de vos ter comigo, tal qual sois agora. Tão ledo sou que o coração se me aperta e o ar me falta. Sou como o donzel que vê sorrir a sua amada.

Álvaro Pais domina um estremecimento ao atentar no rosto alegre do Rei, no seu sorriso aberto, como para receber um amigo muito querido. Quem não verá aquele sorriso sem ter medo, pensa ele. Não se distingue a alegria da raiva nem o ódio da benquerença.

A voz de Pedro, ela também alegre, e suave:

– Bem-vindos, bem-vindos! Como folgo em ver-vos aqui! Haveis estado sempre no meu pensamento...

Por inacreditável que pareça, o tom é de sinceridade, a alegria é verdadeira e a cortesia quase parece sentida. Mas ninguém é louco ou idiota a ponto de se iludir e por isso a voz de Pedro faz gelar a sala.

– Hão cuidado bem de vós? Haveis recebido bom agasalho?

E vendo que nem Álvaro Gonçalves nem Pero Coelho respondem: – Pois não falais?

Então, para completar a estranheza do momento, é Pero Coelho, e não o Rei, que faz soar a primeira nota de conflito aberto respondendo ao sarcasmo com sarcasmo:

– Senhor, foi-nos dada a mais formosa masmorra que haveis no vosso castelo de Santarém.

Agora, graças a ele, as máscaras caíram – que nem eram máscaras, afinal, mas antes máscaras de máscaras.

– Ah, sede pacientes. Cuido que não jazereis lá por muito tempo.

Álvaro Gonçalves, que os maus tratos quebraram mais, aprumou-se ao ouvir a resposta de Pero Coelho, lembra-se de quem foi, um grande da terra, juiz e conselheiro de um rei de Portugal. Ergue a cabeça para dizer:

— O tempo que aprouver a vossa mercê.

E Pedro, com um sorriso que a todos recorda um lobo esfaimado espreitando o rebanho no fundo do Inverno:

— Sim, certo, certo... mas muito dependerá de vós.

A sua expressão fecha-se subitamente. Não lhe sofre a furiosa sede interior continuar a jogar com a presa, pois não sabe dissimular nem aparentar tranquilidade quando não a sente.

— Dizei-me sem tardança quantos foram culpados na morte de D. Inês. E os seus nomes. De Diogo Lopes Pacheco sei eu já. Foi-se a França, mas eu farei de tal guisa que o haverei também, não vos dê ele cuidado. Os outros?

Os outros, pensa Álvaro Pais baixando a cabeça. Não deveria El-Rei fazer uma tal pergunta. Os outros, em boa verdade, éramos todos nós, eu mesmo, confesso-o só a mim. Éramos todos nós, se não em obras ao menos em pensamento e em vontade. El-Rei há-de sabê-lo, que só castiga estes dois por não desguarnecer o reino. Mas isto sabe-o ele sem o querer saber.

Álvaro Gonçalves começa a responder: — Diogo Lopes, senhor? Diogo Lopes nada fez nem disse que...

Pedro interrompe-o com um grito:

— Cuidais que sou sandeu?

Mas logo se contém e é com uma tranquilidade forçada, rouca, mais ameaçadora ainda, que continua:

— Os outros. — Agarra nas correntes de Álvaro Gonçalves e puxa-o a si.

— Os nomes. Fala, fala por teu bem.

O prisioneiro nada diz. De resto, as forças estão a abandoná-lo. Passaram-se já cinco dias desde que a gente do rei de Castela se apoderou dele e o trouxe até à raia e a gente do rei de Portugal, os homens do meirinho-mor, seu sucessor, o conduziram, sem comer e quase sem dormir, a Santarém. Mal consegue manter-se de pé. Impaciente, o Rei dirige-se a Pero Coelho.

— Tu, já que ele não tem língua. Diz-me o que eu quero saber.

E Pero Coelho, endireitando-se, tomando ar nos pulmões, pronuncia lentamente:

— Senhor. A morte de D. Inês Pires de Castro foi ordenada por sentença de El-Rei D. Afonso e nós...

— Vós, bons e fiéis vassalos, haveis obedecido a meu pai... atentai, que a minha paciência é curta. Quantos foram culpados na morte de D. Inês? O que tratava meu pai contra mim, quando andámos desavindos por azo dessa morte? Falai, antes que vos ponha a tormentos!

Uma onda de repulsa submerge-o. Afasta-se de Pero Coelho. No entanto, a repulsa é vencida por uma atracção mais forte, o desejo de lhes sentir o cheiro, o suor, o calor da pele, para melhor se embriagar com o seu ódio. Afastou-se de Pero Coelho, mas aproxima-se agora do seu companheiro.

— Álvaro Gonçalves. Meirinho-mor das justiças do reino... justiça, tu! Olho para ti e vejo ainda o sangue em tuas mãos. O sangue dela. Não me tentes, não me dês mais razões para o que entendo fazer. E fala, enquanto podes falar.

Justamente, ele já não pode falar. As suas pernas dobram-se, vai cair por terra. Um dos que o escoltaram ampara-o rudemente, obriga-o a endireitar-se. Pedro murmura entre dentes:

— Folgada vida levaste em Castela, que não sofres agora tão poucos rigores. Haverá mais, sossega. — E para Pero Coelho: — Tu. Responde, antes que te corte a língua.

O conselheiro de Afonso IV chama a si as últimas energias. Não se dirá que Pero Coelho tremeu de medo perante o seu algoz, não se dirá que rastejou a pedir demência. Lentamente, gravemente, destacando bem cada palavra, começa a falar.

– A morte de D. Inês... e eu vos juro que o coração se nos rompeu a todos com essa morte...

– Certo, certo! – atira-lhe Pedro, escarninho. – Como vós todos lhe queríeis bem! Mas fala, quero ouvir-te.

E Pero Coelho prossegue:

– A morte de D. Inês foi cousa decidida por El-Rei D. Afonso, vosso pai, que Deus haja, depois de ouvir todos os do seu conselho...

Pedro não se contém, interrompe-o de novo:

– Onde vós éreis. E quem mais? Quem mais aconselhou meu pai? Fala depressa!

– A voz do reino, senhor. A voz do reino que temia...

– O reino temia uma dona indefesa e inocente?!

Agora a voz de Pedro ganhou o cortante de uma lâmina. Todos sentem que a tempestade está próxima, que ele não logrará conter-se muito mais tempo. E receiam esse momento por conhecer a sua cólera. Pero Coelho, porém, não se altera, é o único que não teme a cólera do Rei porque já se sabe condenado. Não se dirá que fraquejou, não se dirá que tremeu.

– O reino temia os seus irmãos, a quem dáveis guarida e ouvidos, e que intrigavam em Portugal e em Castela. O reino temia essas intrigas, temia pela liberdade, temia pela vida do Infante D. Fernando, vosso filho. O reino temia por vós.

– Tantos temores havia o reino!

Após este sarcasmo, Pedro sente que o seu frágil autodomínio não vai resistir mais tempo e procura, num último esforço de lucidez, obter o que pretende. Os nomes, Pero Coelho, insiste, com dureza crescente. Os nomes, os culpados. Responde, perro. Quais foram os culpados.

E o outro, Pero Coelho, como que procurando acicatá-lo, levá-lo até ao excesso, apenas pergunta com uma mansidão que não disfarça o desafio:

– Culpados de cumprirem as sentenças de El-Rei, que ao tempo era vosso pai?

– Os nomes, perro. Diz-me os nomes, é a última vez que o mando.

– El-Rei D. Afonso e com ele todo o reino...

O chicote surge na mão de Pedro como se sempre lá houvesse estado. Todos o conhecem, o azorrague que ele sempre traz, umas vezes preso à cintura, outras confiado às mãos de um dos seus homens. Quantas vezes serviu já para fazer justiça expedita e sumária, que El-Rei D. Pedro, demasiado bem o sabem, ama a justiça com a violência de um amante carnal e não deixa que ela seja tardia ou arrastada.

O chicote está na sua mão e a mão ergue-se acima da cabeça. Solta uma espécie de rugido e a mão desce e um golpe abre-se no rosto de Pero Coelho e começa a sangrar.

– Fala o que eu quero ouvir!

É o golpe, fundo e doloroso, porém mais do que o golpe é a afronta que o faz rebelar-se. Pero Coelho contém a dor que lhe retalha a face, cresce para o Rei e grita:

– Falar? Sim, hei-de falar! Para dizer que sois traidor e perjuro. Perjuro! Rei perjuro! Rei? Ha! Antes algoz e carniceiro de homens!

Pedro, louco de raiva, com o corpo a tremer, avança novamente de chicote erguido. O prisioneiro oferece-lhe o peito e a cabeça, quer talvez acabar ali, diante de toda aquela gente, para que vejam, para que saibam. Mas o Rei pára de repente e lança o chicote para longe.

– Não. Ainda não, Pero Coelho...

Então, ri e grita ao mesmo tempo:

– Ho-lá! Vós outros! Fazei prestes! Trazei-me cebola e vinagre. Cebola e vinagre! Cebola e vinagre para cozinhar este coelho! Asinha, Asinha! Cebola e vinagre, para o coelho!

Pôr fim a isto, decide João Afonso. Pôr-lhe fim. El-Rei não pode ser visto desta guisa. Faz um gesto rápido e enérgico aos guardas, que compreendem e lhe obedecem, também eles ansiosos, vagamente perturbados, no mal-estar causado por aquele rasgo de loucura. Puxam os cativos pelas correntes, arrastam-nos para fora da sala sem esperar pela permissão do Rei.

Pedro, entontecido pela cólera, apoiou-se à mesa com as duas mãos e fechou os olhos. Ouve o ruído dos guardas a sair levando Pero Coelho e Álvaro Gonçalves. Identifica esse ruído, mas não reage.

Está esgotado. Vazio.

O toque de completas soou há já algum tempo. João Afonso reconheceu nele a voz dos sinos do convento de São Francisco, sempre os que melhor se ouvem no castelo.

Agitado, incapaz de chamar o sono, abandonou a cama que os criados improvisaram na sala grande, junto da lareira. Agasalhou-se com a sua grossa capa de lã, caminhou silenciosamente entre os outros leitos improvisados, onde outros homens dormem ou tentam dormir, e saiu para a muralha.

Respira o ar frio e olha em volta, mas pouco vê além da treva, apenas o vulto do vigia que lhe está mais próximo.

Incessantemente, contra a sua vontade, relembra a cena da tarde, a fúria do Rei, a sede de sangue que luziu nos seus olhos. Como ele temia, a captura de Pero Coelho e Álvaro Gonçalves veio abrir uma ferida que, sabe-o bem, jamais tinha sarado. O perjúrio cometido está agora a um passo de se tornar irreparável.

João Afonso apoia-se à pedra áspera da muralha enquanto evoca o tempo em que o Rei era ainda infante e Constança recém-chegada de Castela para dele ser recebida por mulher.

Ah, quem houvera adivinhado. Quem pudera saber que mal os olhos do moço Infante pousassem no rosto de uma certa donzela tudo havia de mudar na sua alma. E tudo havia de mudar no reino, também. Quando começou a mudança, não o sabe ao certo. Mas tem bem presente um sarau no paço, em Lisboa, pois foi então que compreendeu que a confidência que recebera de Pedro, pouco antes, deixara de ser um segredo.

Estão todos presentes, neste primeiro acto do drama: Afonso e Beatriz, sentados em cadeiras de alto espaldar, tendo por detrás as armas reais. Ao lado da Rainha, Constança reclina-se num cadeirão guarnecido de coxins, o volume arredondado do ventre anunciando o parto próximo será o Infante D. Luís, o afilhado de Inês, que morrerá poucos dias após o baptismo. A cadeira de Pedro fica à direita do Rei. Vazia, porque o Infante passeia pela sala trocando gracejos com amigos e galanteando as damas, porém o olhar sempre a fugir para o grupo das aias da Infanta sua mulher: é nesse grupo que Inês se encontra, resplandecente, o ouro do seu cabelo a brilhar à luz dos tocheiros, os olhos de safira pálida a cintilar ao cruzar-se com os dele.

E estão João Mendes e Gonçalo Pereira e Vasco Gomes de Abreu e Estêvão Lobato e muitos outros. E estão também Álvaro Gonçalves, meirinho-mor, e Pero Coelho e Diogo Lopes Pacheco. Já anda no ar a intriga, já se murmura sobre o desvario do Infante e Álvaro Gonçalves é dos que mais murmuram, não contra Pedro mas contra Inês, que acusa de o ter enfeitiçado. Diogo Lopes tenta moderá-lo, que é feia coisa dizer tal de uma donzela bem-nascida ainda que bastarda, mas o meirinho-mor interrompe-o: não donzela, antes barregã.

– Tento! Tento! – adverte Diogo Lopes urgentemente.
– Se o infante vos ouve?!

Pero Coelho, que está junto de ambos, dá-lhe razão: sim, haveis de ser mais assisado, aconselha. Porém, ao atentar em Pedro também ele se deixa dominar pela apreensão: vede como a olha, diz entre dentes.

Olha-a, contrapõe Diogo Lopes, como qualquer moço olha uma donzela bem talhada. Pero Coelho, tão velho sois que não vos lembra a mocidade?

Mas aquele moço, intervém Álvaro Gonçalves, aquele moço é infante de Portugal e o herdeiro de El-Rei e mui bem-casado. E essa bem talhada que dizeis é uma Castro.

Agora todos se calam para ouvir o segrel, a quem o Rei mandou cantar uma trova de seu pai:

> *Senhora, que de grad'oj' eu querria,*
> *se a Deus e a vós prouguesse,*
> *que u vós estades, estevesse*
> *con vosc' e por esto me terria*
> *por tan ben andante*
> *que por rei nen iffante*
> *des ali adeante*
> *non me canbharia.*

A voz do segrel é límpida e fresca e ele é ainda tão jovem, de cabelo tão loiro e olhar claro tão verde e puro que as donas o contemplam com um sentimento que nem elas sabem, talvez, se é requebro namorado se ternura maternal. Neste surdo avolumar de apreensões, intrigas e malquerenças, é como se o segrel fosse o último e único ser inocente no Universo.

> *E, sabendo que vos prazeria*
> *que u vós morássedes, morasse,*
> *e que vos eu viss' e vos falasse,*
> *terria-me, senhora, toda via*
> *por tan ben andante*

> *que por rei nen iffante*
> *des ali adeante*
> *non me canbharia,*

continua o segrel. A sua voz e o seu encanto prendem as mulheres e abraçam Inês e Pedro no mesmo enleio porque a trova de D. Dinis parece feita para os dois.

Mas os fidalgos, esses, não se comovem, pois têm o pensamento em coisas distantes da música e da poesia. Aqueles que podem falar baixo entre si sem que o Rei ou a Rainha os vejam e ouçam, fazem-no e não atentam sequer no canto. As palavras que dizem são todas contra Inês.

O segrel termina a trova:

> *Ca, senhora, en gran ben viveria,*
> *se u vós vivêssedes, vivesse,*
> *e, sol que de vós est' entendesse,*
> *terria-me, e razon faria,*
> *por tan ben andante*
> *que por rei nen iffante*
> *des ali adeante*
> *non me canbharia.*

Enquanto aplaudem o segrel, Álvaro Gonçalves diz aos seus companheiros, mais em rosnido que em murmúrio:

– Aí tendes, assim está o herdeiro de Portugal. Nem rei nem infante, só amante.

E de uma Castro que ferve de ambições, acrescenta Pero Coelho. Ela e os irmãos, que são como lobos esfaimados. Mas Diogo Lopes, sempre a querer moderar ardores, comenta com ironia séria e cortante:

– Tão velhos sois que vos falha a vista. Eu, daqui, ainda vejo que D. Constança está pejada. E o parto é para breve.

Assim é, replica Álvaro Gonçalves, assim é, mas vede-o, vede-o olhando a Castro como cão olha um naco de vianda.

Ao que Pero Coelho acrescenta com turvo sarcasmo: Oh, a vianda, essa, já ele a terá comido, por minha fé.

Ouvindo isto, Diogo Lopes Pacheco afasta-se. Mas em cada grupo de convivas ouve palavras idênticas.

As mesmas palavras ouve João Afonso e não lhes replica. Justamente, Martim Vasques, ao seu lado, está a dizer:

– ...E para mais... madrinha que há-de ser do filho, comadre do infante e da Infanta! Que dizeis vós disto?

Nada, responde João Afonso com secura, e dirige-se para junto de Pedro. Quer adverti-lo, quer acautelá-lo. Mas Pedro está longe, embora ali esteja. Tem os olhos postos em Inês, e ela nele. E todos podem vê-los. João Afonso repara então que, cumprindo ordens murmuradas pela Infanta, uma aia vai chamar Inês, que estremece como se a tivessem arrancado a um sonho.

Constança tem sede e de todas as suas donzelas escolheu Inês para que lhe traga vinho. Ela acerca-se da mesa, enche uma taça de ouro. No momento em que a entrega à Infanta, as duas medem-se, de frente, em desafio não confessado, porém claro e fundo. Depois, enquanto Inês se afasta, Constança vira a cabeça muito lentamente até encontrar os olhos da Rainha, que a observa.

Beatriz nada perdeu de gestos, de sorrisos nem de olhares. Há muito já que entendeu tudo e esse entendimento tem-lhe roubado o sono e o sossego, pois a sua intuição diz-lhe que não há aqui um devaneio de moço, mas antes uma paixão capaz de incendiar o reino. É tempo de agir. Apoia-se no braço direito, que está pousado sobre o braço da cadeira, e inclina ligeiramente a cabeça para falar ao Rei.

Nem João Afonso nem mais ninguém ouve o que ela diz ao marido:

– Senhor, haveis de advertir nosso filho. Este escândalo não pode continuar.

Aquele sarau está gravado a fogo na memória do conde de Barcelos. Houvesse ele podido adivinhar então tudo o que se seguiria, o rasto de mortes e destruições. Mas, reflecte depois, o que ganharia com isso, a não ser contrariedade e inquietação? Demais sabe que nenhuma força no mundo poderia ter afastado Pedro de Inês. A não ser a morte.

De súbito, o vigia que lhe está próximo endireita o corpo e saúda, num ranger de metal e couro. Um outro vulto surgiu, caminhando ao longo do adarve, lento e silencioso como sombra. João Afonso reconhece-o e cola-se à parede, some-se na escuridão.

Importa que o Rei não o veja, sabe-o no seu íntimo. O Rei está só, escondido pela noite, na companhia dos seus fantasmas, e, muito claramente, assim quer ficar. Abordá-lo agora com palavras de apaziguamento ou conselhos de moderação só excitaria ainda mais a sua cólera. Ao mesmo tempo, receia deixá-lo entregue a si mesmo, entregue ao turvo ódio que ganhou novas forças com a chegada de Pero Coelho e Álvaro Gonçalves. Portanto, segue-o discretamente, à distância.

Envolto no seu manto vermelho, Pedro continua a percorrer o adarve num lento passeio. Por fim, detém-se e fica imóvel, encostado a um merlão da muralha. João Afonso pára também, incerto sobre o que fará. Pode voltar para trás sem ser notado, regressar à sala onde o espera a cama já fria. Mas não se sente tranquilo sabendo o Rei ali, sozinho, imerso na treva, demasiado próximo de si mesmo. Então, instala-se tão confortavelmente quanto lhe é possível e fica imóvel, a vigiar de longe.

O tempo escorrega, frio e silencioso, cortado apenas pelo latir de cães, o piar de aves da noite, as vozes e passos dos vigias. João Afonso sente que o seu corpo entorpece no casulo feito pela capa de lã em que se agasalha e que o seu pensamento, liberto pela inactividade física, voa, como coruja, para um torreão onde as suas inquietações espreitam.

O seu senhor e rei quebrou por duas vezes a palavra dada, sem outro motivo que não fosse o ódio e a paixão. Quebrou-a como Infante, ao jurar o perdão daqueles que haviam aconselhado a morte de Inês Pires de Castro. Mais grave ainda, quebrou-a como Rei ao retirar o asilo garantido aos nobres castelhanos desavindos com Pedro de Castela – e quem não entrará em desavença com essa besta-fera, um tirano que mata os seus vassalos e os próprios irmãos e a própria mulher com maior indiferença e desenvoltura do que mataria um infiel. Ora, aqueles que para escapar à sua sanha criminosa procuraram refúgio em Portugal, esses mesmos, El-Rei os entregou, para obter em troca Pero Coelho e Álvaro Gonçalves.

E tudo, pensa ele, tudo pelo amor de uma mulher a quem tantos chamavam barregã e feiticeira – e, diz João Afonso no seu íntimo, barregã por certo foi-o, por feia que seja a palavra, e feiticeira está agora em crer que também, pois de outra forma não vê que alguém possa prender assim um homem para além do tempo e para além da morte.

Mas uma outra voz interior lembra-lhe: pesem os juramentos a quem pesarem, aquele é o meu senhor e o meu rei, ele me fez cavaleiro e conde, a ele devo o que tenho e o que sou. Depois, bom é falar do bem do reino, como faz Álvaro Pais, mas que homem seria capaz de resistir ao sorriso de D. Inês, quando ela para ele o volvesse?

Como o tempo foge rápido: ainda agora, juraria, haviam os sinos de S. Francisco tocado a completas, porém já galos cantam, uma primeira claridade imprecisa começou a tingir o negro da noite sem lua. E já soa o toque de laudes. O castelo desperta, a cidade também.

Pedro não se move, está ainda ausente. Até que uma voz grave o traz de volta ao mundo dos vivos:

– Senhor.

É Álvaro Pais, que se aproximou silenciosamente. Pedro estremece, sacode a cabeça, como que despertando.

– Senhor, tudo está aprestado para a partida.

– Partida...?

O olhar de Pedro continua longínquo, mas Álvaro Pais decide ignorar essa distância. Pois não era vossa vontade, diz ele, ir hoje para Alcanede, onde haveis de fazer justiça? Nada dissestes em contrário.

Pedro recorda as ordens dadas antes que os prisioneiros chegassem.

– Alcanede. Sim, é certo. Mas não sei se hoje saio de Santarém, Álvaro Pais.

O chanceler, porém, enquanto curva um pouco a cabeça em jeito de obediência, acrescenta:

– D. Paio Ramires vos mandou dizer que tem lá preso um homem que forçou uma pastora e...

Ao ouvir isto, Pedro muda de expressão, o seu rosto quase ganha alegria.

– Ah, certo, certo. Justiça há-de ser feita sem tardança. A isso vou, Álvaro Pais. Partirei logo depois de quebrar o jejum.

João Afonso, que ouve a conversa, abana a cabeça e sorri ao de leve. Matreira raposa, aquele Álvaro Pais. Fala a El-Rei em justiça. E assim, em Alcanede, alguém vai bailar na ponta de uma corda. E El-Rei afasta-se de Santarém e dos cativos chegados de Castela.

II
Misereatur tui omnipotens Deus

É uma manhã cheia de luz e fresca, ainda recamada de orvalho. Dia macio e doce nos campos entre Santarém e Alcanede, um dia que parece trazer uma promessa de paraíso e de inocência. Até o sofrimento, as mortes que ali haja, a mosca apanhada na teia da aranha, o animal tenro que a ave de rapina arrebatou, essas mil pequenas tragédias são, na sua alternância de morte e vida, harmoniosas como notas que se fundem na música das esferas e por isso não falseiam nem desmentem a promessa.

Mas, nesse mundo puro e inconsciente, desloca-se um outro universo. Mais pequeno e muito mais perigoso, capaz de provocar tragédias e catástrofes, porque é um universo consciente, feito unicamente de seres humanos.

O Rei e a corte estão em viagem para Alcanede, onde Pedro vai julgar criminosos. A sua paixão carnal pela justiça.

Pedro cavalga à testa da longa coluna, imediatamente atrás da bandeira real. A seu lado vai um fidalgo de porte imponente, expressão sombria e formidável: Álvaro Pires de Castro, o irmão mais velho de Inês, que veio de Castela, avisado pelo Rei, na peugada de Pero Coelho e Álvaro Gonçalves. Mal parou para comer e dormir durante essa jornada, tamanha era a sua urgência. Porque a chegada dos prisioneiros a Santarém, o acto que, espera ele, se prepara, pode ser justiça do Rei de Portugal, mas para si é sobretudo a vingança do seu sangue, o triunfo dos Castro após a afronta sofrida.

Por isso o contraria esta viagem a Alcanede, que pode distrair Pedro e moderar-lhe a fúria; por isso também, manobrou de forma a poder colocar-se a seu lado. A simples presença de um irmão de Inês é já uma recordação constante, mas ele procura reforçá-la: sempre que Pedro lhe dirige a palavra, tenta conduzir a conversa, falar naqueles que estão na masmorra do castelo.

O Rei não reage nem procura tranquilizá-lo quanto às suas intenções. Troca apenas algumas palavras soltas com Álvaro de Castro; desde madrugada que o seu humor é sombrio. A noite passada em branco, a caminhar sem tino ao longo das muralhas – à procura de nada, apenas de um momento de paz interior – deixou-lhe os olhos cavados e vermelhos. Mal ouve o que diz o seu companheiro.

Porém, sente-lhe a presença. O sangue de Inês, esperando vingança.

João Afonso, que segue atrás, a pouca distância, tem mantido os olhos pregados nas costas de Álvaro de Castro, como a querer forçá-lo, pela pura força da sua vontade, a deixar Pedro entregue a si mesmo. Mas essa vontade não é forte bastante para conseguir o que pretende. Então, abandona o seu lugar. Mete o cavalo a meio galope e vai reunir-se a Álvaro Pais, coloca a montada a par da do chanceler.

Vede, diz João Afonso a meia-voz, vede como D. Álvaro de Castro não sai do lado de El-Rei, é como abutre sobre presa. Álvaro Pais faz um ligeiro aceno com a cabeça. Não precisa de olhar, há muito que vem espiando a manobra do Castro. E comenta apenas no mesmo tom de voz comedido: sim, um abutre, a cheirar o sangue dos presos que ficaram em Santarém.

– Não esperava que ele viesse a Alcanede – prossegue João Afonso, preocupado. – Tinha na tenção falar a El-Rei sobre Pero Coelho e Álvaro Gonçalves.

A isto responde Álvaro Pais com um sarcasmo sombrio: ficai certo e seguro que isso mesmo faz D. Álvaro de Castro neste momento, mas não para lhe pedir a mesma cousa que vós... porém logo muda de tom para acrescentar: atendei, que alguma outra ocasião haverá.

É então que, mexendo-se um pouco na sela e virando a cabeça, o seu olhar pousa casualmente em Afonso Madeira.

Desde a partida de Alcanede, este vigia discretamente os dois carros que transportam as damas da corte bem menos numerosas do que seria habitual no anterior reinado, pois, como é sabido, o Rei não quis tomar mulher depois da morte de Inês e hoje Portugal não tem Rainha.

A atenção de Afonso Madeira prende-se especialmente a uma dona. Há já meses que o lindo escudeiro se perdeu de amores por Catarina Tosse, mulher demasiado jovem de um homem demasiado velho, Lourenço Gonçalves, corregedor da corte. E este amor não é como aquele que os trovadores exaltam, capaz, dizem eles, de os tornar felizes com um simples olhar das suas senhoras. É um amor que exige mais e que arde com toda a força da juventude. Aquele rosto de traços puros, aquela boca vermelha e carnuda, aquele requebro dos grandes olhos escuros atearam-lhe uma sede que exige a posse física. A presença do sisudo marido, homem respeitado, da confiança do Rei, que preza nele o senso e a honestidade, apenas serve para excitar o apetite acrescentando-lhe um afrodisíaco chamado perigo.

Afonso Madeira julga ter lido sinais promissores em Catarina, um bater de pálpebras mais lento, um sorriso mais alongado quando responde à sua saudação. Por isso, não desperdiça nenhuma boa oportunidade para se acercar dela. E esta oportunidade parece magnífica, pois Lourenço Gonçalves cavalga próximo do Rei conversando sobre graves matérias com outros da sua respeitável e sensaborona idade...

Discretamente, Afonso abandona o grupo dos escudeiros e conduz o seu cavalo para perto do carro em que viaja Catarina. Ardiloso, afivelou uma expressão absorta, pensativa: dir-se-ia que a sua aproximação foi casual, que não atenta bem no caminho que segue. E depois, ao ver-se tão perto das damas, saúda gravemente, com modéstia.

Mas os seus olhos repousam em Catarina.

Ela compreende, compreendeu há muito. Seria talvez virtuosa se o destino não lhe houvera dado por senhor e marido um homem que bem podia ser seu pai, que não tem tempo nem gosto para galanteios ou delicadezas e cuja pele enrugada e sem brilho, quando o vê na alcova conjugal, carrega já o odor da velhice.

Catarina, que graceja com as outras donas, simula surpresa ao ver o escudeiro ali e numa resposta à saudação deste lança-lhe, sorrindo:

— Tão sério e tão calado, senhor Afonso Madeira. Queria eu agora ouvir uma das vossas trovas.., porém não; dizei-me antes onde anda o vosso pensamento.

— Anda bem perto, senhora — responde ele. — São uns formosos olhos que aqui vejo que me trazem assim calado.

— Sois sempre galante. Então, os olhos de donas e donzelas assim vos toldam o pensamento e vos tiram a fala?

As outras riem. O jogo é ainda inocente na aparência. Ele aproxima a montada, quase a roçar o carro, e põe uma clara intenção na sua resposta:

— Os olhos de uma só dona bastam para me tirar a força.

Ah, Afonso Madeira, diz Catarina rindo e corando ao mesmo tempo, isso, bem sei eu que a todas o dizeis.

E ele, sempre intencional, replica: mas só a uma o digo com verdade.

O jogo, se alguma inocência mantinha, perdeu-a. Num gesto instintivo Catarina procura localizar o perigo, volve o olhar na direcção do marido e vê que Lourenço Gonçalves os observa de longe, voltado para trás na sela. É um simples instante, logo se vira para a frente, prossegue a conversa com os companheiros, mas ela sente um pequeno arrepio.

– Siso, siso, Afonso Madeira, que falais com dona casada.
– Sei-o eu, senhora – Afonso solta um longo suspiro de trovador. – É esse o meu tormento. Como poderei eu ser ledo e folgar?

Pouco depois, o moço afasta-se. Álvaro Pais viu tudo isto e adivinhou o que a distância não lhe permitiu ouvir. Quando olha em frente, percebe que João Afonso o observa e diz, irritado, como se respondesse a uma pergunta que o outro não formulou:

– Esse donzel tem menos siso que uma criança. Ele que tenha tento em Lourenço Gonçalves, que não é homem para engolir uma afronta.

E tento, sobretudo, em El-Rei, acrescenta João Afonso. Tento em El-Rei, que não sofre ver desvairos destes com donas e donzelas. Por muito que queira a esse moço escudeiro.

E acrescenta com uma espécie de satisfação amarga, por ver que a manha do chanceler não resultou:

– Queríeis vós que ele nos ajudasse a conseguir o perdão de Pero Coelho e Álvaro Gonçalves!

A isto, Álvaro Pais só responde com um silêncio resignado e exasperado. A única cartada que pôde jogar a favor do antigo meirinho-mor e do seu companheiro de infortúnio, jogou-a ele com má carta. Bem o sabia desde o início, mas não tivera outro recurso. Resta-lhe esperar que Afonso Madeira, mau grado a loucura dos seus verdes anos, não deite tudo a perder, começando por si próprio.

Uma súbita vozearia distrai-o, afasta-o destas reflexões.

É que, enquanto o escudeiro preferido do Rei se enleava nos fundos olhos de D. Catarina, enquanto o chanceler e o mordomo-mor trocavam confidências, outro drama, mais mesquinho porém mais trágico, se desenrolava.

Iria para uma hora após a partida de Alcanede, a comitiva real cruzara o seu caminho com o de um bufarinheiro judeu, daqueles que andam pelos campos e aldeias vendendo especiaria e outras mercas. Ao deparar com a luzida coluna, e reconhecendo logo a bandeira de El-Rei, o Judeu apressara-se a desviar a mula da estrada, saltara em terra e curvara-se humildemente, numa saudação muda. Pedro nem o vira, mergulhado como estava no seu mundo secreto, e os outros passaram por ele com natural indiferença.

Todos, menos dois, que olharam longamente o mercador.

Gil Fernandes e Rui Vasques, dois escudeiros de boa criação que há já anos servem o Rei e dele têm mercês, são grandes amigos e comparsas em bons e também maus feitos. Ao avistar o Judeu, mais a sua mula e os seus alforges, um comum pensamento os possuiu: aqueles alforges estarão bem cheios de fazenda e boas moedas, pois todos os Judeus são avaros e ricos, é sabido. Poucas palavras precisaram de trocar, tão bem eles se entendem. E assim, de comum acordo e longa prática, foram primeiro atrasando o passo das montadas, depois entraram num simulacro de jogo, um perseguindo o outro, e afastaram-se na direcção de um bosque de carvalhos, até que se perderam de vista.

Tonta folgança de moços, pensaram todos aqueles que em tal coisa atentaram...

Todos, menos um.

Mendo Pires, que comanda os homens de armas que escoltam o Rei, é um velho guerreiro, experimentado, fiel zelador das ordens reais. Não lhe escapou o jogo, como não lhe escapara o olhar dos escudeiros sobre o judeu, nem o bom entendimento entre os dois moços. Por isso, fez um gesto discreto a dois dos seus; e discretamente os três abandonaram a coluna e embrenharam-se no bosque.

A vozearia que arranca Álvaro Pais aos seus pensamentos é a que assinala o regresso de Mendo Pires e dos seus homens. Com eles vêm também os dois escudeiros, desarmados e de braços amarrados, os cavalos conduzidos pelos captores. Logo atrás, segue a mula do judeu e, sobre ela atravessado, o corpo do judeu coberto de sangue, com a garganta aberta por um largo golpe de adaga. E agora Mendo Pires dirige-se ao Rei, que fez estacar a montada ao ouvir o burburinho.

Senhor, diz Mendo Pires, aqui vos trago Gil Fernandes e Rui Vasques, que encontrámos junto do corpo deste judeu, assim como o vedes, já morto mas de há pouco tempo, e eles haviam lançado mão das cousas que trazia.

Pedro desvia a cabeça para contemplar os escudeiros.

Estes não baixam os olhos, mas, instantaneamente, conhece-os culpados. Aprendeu há muito a ler no rosto e na alma dos homens. Aqui, lê culpa, susto e também esperança, pois eles sabem-se estimados, recordam os muitos bons serviços que lhe fizeram, a confiança, a já longa convivência. E têm razão nisso, reflecte, é certo que os estimo e que sempre me foram fiéis. Mas é maravilha ainda não saberem que eu vivo por mor da justiça. E (isto não o diz nem a si próprio, é um murmúrio mudo nas suas veias) em todo o criminoso hei-de eu fazer beber a minha sede. Do sangue daqueles que a mataram. Uma sede que já sei não morrerá, nem quando tiver o sangue dos que jazem em Santarém, pois muitos outros houve que se não a mataram de feito o fizeram em tenção e pensamento.

Um longo e tenso momento escorreu já quando Pedro faz um gesto e os dois moços são rudemente lançados em terra. Só então fala.

– Mendo Pires, contai-me tudo outra vez, bem de espaço.

Ouve com atenção, de cabeça curvada, o relato. Os homens de armas ainda ouviram o último grito do Judeu e pouco depois chegaram à clareira, onde o encontraram caído por terra, afogado no seu próprio sangue, e os escudeiros com as mãos ambas metidas nos alforges, a vasculhar. Logo detidos, juraram-se inocentes daquela morte. Foram-lhes examinadas as armas. Estavam limpas, mas o punhal de Gil Fernandes tinha na lâmina um toque húmido, como viscoso. As vestes dos dois mostravam sangue.

– Ah.

A voz de Pedro não denota dúvida nem cólera. É perfeitamente inexpressiva. Com movimentos pausados, desmonta e aproxima-se dos acusados, que se ajoelham e abrem a boca, mas Pedro fala primeiro:

– Dizei-me então como foi isso.

Rui Vasques, o preferido entre os dois e também aquele que tem mais imaginação e uma língua mais ágil, lança o seu protesto de inocência. Ele e Gil Fernandes nada fizeram de mal, assim o jura. Certo, haviam pensado mofar um pouco daquele perro judeu e por isso haviam-se atrasado para trocar algumas palavras com o infiel; porém, quando o toparam acabara o homem de ser assaltado e morto por um ladrão que sem piedade lhe cortara o gasganete. Gil Fernandes ainda lhe quisera dar caça, mas o danado sumira-se num barranco, havia de conhecer bem os coitos e esconderijos da região. Que mais podiam? A fazenda do judeu ali ficara, com a mula. Eles tinham cuidado então de ver o seu valor, para saber se era caso de a entregar aos oficiais de sua mercê...

Pedro ouviu todo este discurso sem o interromper. Agora, que Rui Vasques se calou e ensaia o seu melhor sorriso, diz então, olhando fixamente os dois comparsas:

– Hei já ouvido melhores falsidades. Agora confessareis o que fizestes e me direis como o fizestes, ou vos porei a tratos. Asinha, que tarda.

Senhor, protesta Gil Fernandes, tudo foi como vossa mercê ouviu. Não havemos culpa, eu vos juro.

Porém o seu rosto, como o do companheiro, já foge ao olhar fixo do Rei. Sem deles desviar os olhos, Pedro ordena:

– Chamem-me Pero Vaz, que traga o açoute.

Ambos sabem o que significa a ordem. Sabem que o Rei não hesita em tomar o chicote nas suas próprias mãos, já o viram fazê-lo. A vista de Pero Vaz, que com demora nenhuma se acerca e apresenta o terrível chicote, demove-os de porfiar nos protestos de inocência. E depois, El-Rei quer-lhes bem, vale mais confiar nessa benquerença.

É Rui Vasques, por comum e tácito acordo, que se encarrega da confissão e põe no rosto e na voz tanto arrependimento, tanto sentir de mocidade tenra e estouvada, que em redor de Pedro os grandes senhores se comovem e para ele se viram, como a pedir-lhe demência. Mas Pedro ainda não desviou a cabeça, continua a fitar os escudeiros.

– Fizestes bem... – diz por fim, com um sorriso tranquilo. – Pois quereis tomar mester de ladrões e matar homens pelos caminhos, fizestes bem de vos ensinardes primeiro dos Judeus para depois virdes aos Cristãos...

Isto dito, vira-lhes as costas e afasta-se, deixando-os ali ajoelhados, a tremer, com as caras cinzentas de terror.

Álvaro de Castro não entende. Compreendeu que a frase de Pedro é uma sentença de morte, mas não entende a sentença – ele, para quem um judeu vale tanto ou menos que um Mouro e ambos valem bem pouco. Faz-se eco de muitos outros ao observar a meia-voz:

– Senhor, por um Judeu não é bem que morram estes homens que haveis criado e que tantos serviços vos fizeram.

João Afonso, que entretanto se aproximou e assistiu a toda a cena, intervém por sua vez – não que lhe importe a sorte dos escudeiros, mas deseja Pedro longe da vista do sangue, bem bastam as sentenças que ditará em Alcanede e as execuções que sem falha as seguirão. É por isso que acrescenta:

– Bem é castigá-los. Mas por degredo ou outra alguma pena...

Mas uma terceira voz fala e só Pedro a ouve, pois está dentro de si. Justiça, diz essa voz, nos meus reinos haverá justiça, pois que eu a não tive, pois que ela a não teve.

E uma outra voz ainda, mais baixa, que só diz: sangue, sangue.

– Eu vos ouvi, senhores. Porém esses que aí são, dos Judeus virão depois aos Cristãos.

Rapidamente, monta a cavalo, levanta a mão dando sinal para recomeçar a marcha. E antes de tocar a montada atira uma ordem breve:

– Mendo Pires, fazei-os já degolar.

Lança o cavalo em frente, a coluna retoma a viagem e para trás só ficam Mendo Pires e quatro outros, para cumprir a ordem. Além de Frei Bartolomeu, confessor do Rei, que piedosamente se prepara para ministrar os últimos sacramentos aos condenados.

Não há rosto como o seu. Não há olhar tão profundo nem sorriso tão doce, ao mesmo tempo alegre e magoado. Não há ouro como o do seu cabelo. Não há alma como a sua. Não há mulher que se lhe compare em todos os reinos da Europa, nem nas terras da Moirama, nem certamente nos longes domínios do Imperador do Oriente, isso eu o sei, com um saber tão certo que o posso jurar pela minha salvação.

E pertence-me, como eu lhe pertenço, e farei dela um dia minha mulher diante de Deus e dos homens, minha mulher e Rainha, e juntos havemos de ser, como agora o somos, mas sem medos nem recatos e os bispos hão-de beijar-lhe a mão e as gentes, quando ela passar, hão-de ter-se nos joelhos e abençoá-la e chamar-lhe senhora e nossa mãe.

Não há no mundo amor como este.

Afonso, não houve nem haverá no mundo amor como este...

A frase, ao soar-lhe dentro da cabeça, tão familiar, já uma vez pronunciada, e há bem pouco tempo, trá-lo brutalmente de volta. A imagem de Inês desaparece e agora, em seu redor, está apenas a sala grande do castelo de Alcanede e não o paço de Santa Clara, aonde por um breve instante ele voltou.

Ao fundo, num grupo de gente moça, vê Afonso Madeira, cujo nome o despertou do sonho, e que fala, sorrindo, com donas e donzelas que tomaram lugar para ouvir Vasco Mendes, o jovem trovador. Bem perto de si, Pedro reconhece outros semblantes mais graves. Álvaro Pais diz qualquer coisa e a fala é-lhe dirigida mas não a ouviu. Álvaro de Castro, Lourenço Gonçalves, o velho e gotoso Martim Vasques, Martinho Fróis, o alcaide-mor de Alcanede, e muitos outros. Todos esperam dele uma resposta à questão de Álvaro Pais. Pedro força-se à atenção; o chanceler-mor dirigiu-se a El-Rei e El-Rei deve falar.

No outro lado da sala, a gente moça ouve o alaúde cantar sob os dedos de Vasco Mendes. Como por acaso, Afonso Madeira está logo atrás de Catarina. Transparente acaso, esse. Os seus olhos pousam constantemente nela. Depois, finge tomar atenção à trova e murmura: quisera eu ser esse moço, para prender assim a vossa atenção.

Sem se voltar, Catarina responde-lhe: ele trova e tange muito bem, enquanto vós recusais fazê-lo. Então, Afonso Madeira baixa ainda mais a voz para dizer: eu trovaria só para vós, se mo consentísseis. E veríeis como trovaria bem.

Agora, Catarina encara-o com um meio sorriso.

– Quereis trovar só para mim? Estranho capricho!

– Capricho lhe chamais vós? Dizei antes, amor verdadeiro.

Ao falar, aproximou-se mais. Reagindo ao movimento, ela afasta-se um pouco, receosa, e olha em volta. Repara então no olhar sério de Álvaro Pais, que os observa de longe, e estremece, pois tem a certeza de que o chanceler, a quem pouco ou nada escapa, adivinha as palavras que ambos dizem.

Na verdade, Álvaro Pais, se não lhes adivinha as palavras, lê-lhes, pelo menos, a intenção – e não gosta do que lê. Sempre sério e grave, o seu olhar transfere-se para Lourenço Gonçalves, o corregedor, o marido de Catarina, que neste preciso momento observa, também ele, a mulher, enquanto sussurra qualquer coisa a Gonçalo Martins e a Múnio Viegas, ricos-homens com boas terras no termo de Alcanede e seus dilectos amigos. É um olhar breve, como são todos os que dirige a Catarina, a quem nunca mostra grande solicitude em público; depois, a conversa em que se envolveram os que rodeiam o Rei chama de novo a sua atenção e os três se embrenham nela.

Porém aquele relance de olhos foi também notado por Catarina e esta apressa-se a admoestar Afonso Madeira, que responde em tom de garoto amuado: é fácil dizerdes que eu seja mais assisado, mas quem se perdeu de amores também perdeu o siso.

Amores, responde Catarina com escândalo mais simulado que real, amores, que sandices são essas, vede que o meu marido é além. O siso, se o perdestes, bom é que o procureis.

– Senhora replica ele –, deixai então que eu vos fale onde vosso marido não seja tão de cerca. Eu vos direi o que o coração...

Mas um vulto surgiu perto deles. Álvaro Pais saúda Catarina com uma leve inclinação de cabeça e diz secamente:

– Afonso Madeira, El-Rei vai retirar-se.
– Tão cedo?

De facto, Pedro levantou-se com um movimento brusco e encaminha-se para a porta. Sente uma vontade súbita, inadiável, de estar só.

Vinde prestes, insiste Álvaro Pais dirigindo-se ainda ao escudeiro. E com uma ponta de sarcasmo, acrescenta:

– Cuido não quererdes que El-Rei espere por vós?

Os dois saúdam as donas e afastam-se. Mas Álvaro Pais não acabou de falar. Num tom que só o outro pode ouvir, murmura:

– Atentai, que vos perdereis no galanteio.

Afonso Madeira ri. A forma como Catarina o olhou e até mesmo as suas admoestações mostram-lhe que está no bom caminho, que ela já cedeu na vontade, basta-lhe agora escolher a ocasião. Essa certeza e o vinho que bebeu dão-lhe uma espécie de euforia serena, sente-se capaz de desafiar o mundo. E não são os reparos de Álvaro Pais – coisas de velho, caturrices de quem já se perdeu no mundo nebuloso e aborrecido das chancelarias, de folhas e rolos de pergaminho cobertos de escritos – que o perturbarão em tal momento.

Vedes o mal, replica, levado por essa falsa segurança, vedes o mal onde o não há, Álvaro Pais. Já não vos lembra pois a vossa mocidade?

E o chanceler, sem se comover com o encanto nem com o sorriso do moço, replica gravemente: nesse tempo já eu respeitava as donas honestas e casadas.

– E falar não é respeito? Estranha cousa!

Rindo, estuga o passo para alcançar o Rei, que atravessou o umbral da porta. O alcaide ainda o detém por instantes com uma pergunta, ele desenvencilha-se de mais esse velho aborrecido e corre, ligeiro, na esteira de Pedro.

A alcova foi arejada, limpa, o chão esfregado, as paredes recobertas com tapeçarias, a cama recebeu um colchão novo. São os aposentos do alcaide, que os cedeu ao Rei e dormirá na sala, num catre improvisado, como os outros ricos-homens que vieram de Santarém integrados na comitiva real. Os moços-de-câmara abrem a porta e afastam-se para dar passagem a Pedro, que entra seguido por Afonso Madeira.

Pedro olha à sua volta. Tudo aquilo lhe parece estranho, frio, desconhecido. Antes assim, pensa. Antes assim, longe por algumas noites de vistas demasiado familiares. As lembranças que carrego em mim, pensa, já são peso suficiente.

Faz um gesto a despedir os moços-de-câmara. São apenas dois mas a sua presença oprime-o como se fossem multidão.

Afonso Madeira entendeu essa ordem. Será ele, pois, a servir o Rei, quando cuidava ter a noite para si e para os seus projectos. Mas a contrariedade que sente logo se desvanece ao atentar no ar ausente de Pedro, na cabeça curvada, no rosto fechado e crispado numa expressão que ele bem conhece, uma expressão que o comove: para além do dever, ama sinceramente o seu senhor. Ou, pelo menos – porque o amor é nele um sentimento confuso, de contornos mal definidos –, está-lhe grato e é capaz de medir e sentir a sua permanente angústia, o que vale o mesmo.

Com passos silenciosos, aproxima-se de Pedro e auxilia-o a desembaraçar-se do gibão. Enquanto o faz, com movimentos adestrados por longa prática, diz num tom ligeiro:

– D. Martinho Fróis falou-me há pouco, quer saber se vossa mercê vai à caça amanhã para ter pronta a matilha.

Pedro desperta para responder: não. Coisa rara, a caça é um dos seus poucos prazeres. Mas a própria palavra lhe trouxe outras ideias sobre uma outra caça, já cativa, que o aguarda.

– Não sairei pela manhã, hei-de julgar primeiro esses malfeitores que aí são. Por eles vim de Santarém, quando quisera lá ter ficado, a cuidar daqueles outros... Afonso, houve grande gosto em ver Pero Coelho e Álvaro Gonçalves debaixo de ferros.

Isto disse-o com um suspiro longo, consolado. Porém nenhum gosto é duradouro ou puro neste baixo mundo e ele sente já o primeiro toque de aguilhão.

– Mas, sabes tu, a vista desses dois, que me fez tão ledo, veio dar-me um novo cuidado. Que hei-de fazer com eles? Hei-de matá-los? Ou deixá-los viver no fundo da masmorra mais funda, carregados de chagas e comidos, se Deus for assim servido, de ratos e piolhos? Eu lhes poria ratos bem grandes e esfaimados que os roessem noite adentro, quando quisessem dormir...

Há uma tal inflexão de ódio na sua voz, um ódio tranquilo, pensativo, concentrado, uma inflexão de tão serena ferocidade que Afonso Madeira estremece involuntariamente.

A última peça de roupa foi retirada. Pedro está nu. Parado, hirto, olhos vagos, desfocados.

– Mais prazer eu haveria assim. Mas quem pode conhecer o futuro? Quem sabe se, com tudo isso, aquele mau sangue matará os bons ratos e eles viverão depois da minha morte e poderão fugir ou conseguir perdão? Isso não deixarei eu que aconteça, juro-o pela memória de D. Inês.

Mudar-lhe as ideias, pensa Afonso Madeira. Tirar-lhe da lembrança aqueles dois míseros. Rapidamente, abre a cama, toma nas mãos a larga camisa de dormir, tecida em linho, e de novo se aproxima.

– Senhor, senhor, a noite não é para pensar em morte e em vingança. A noite é para outras cousas.

Sorrindo, aproxima-se mais. Já tomou uma decisão.

Por vezes El-Rei apazigua-se no desejo do seu corpo e é o seu corpo que ele agora oferece, sem palavras, apenas com o olhar onde baila um leve sorriso. Ainda tem nas mãos a camisa, dobrada. Lentamente, passa-a para uma só mão e começa a afastar o braço, como a pô-la de lado, por inútil.

Pedro compreende o gesto e a intenção porém desvia a cabeça.

– Não. Quero estar só.

Um secreto alívio, mas também a apreensão de ver que não logrou afastar a nuvem negra.

– Sabeis que hoje, quando entrávamos no castelo, ao passar a barbacã, vi uma moça bem feita de corpo que vos olhava com olhos de fogo? Ah, era certo que não olhava só porque era El-Rei que ia a passar! Cuido que sou capaz de a encontrar aí na vila...

É invenção. Mas uma mulher, hoje, pode fazê-lo esquecer, pensa. D. Martinho Fróis há-de ajudar-me, conhece--as, sei eu.

Pedro estende os braços, ele auxilia-o a envergar a camisa.

– Quero-me só.

Assim seja, fiz o que podia fazer. Afonso Madeira ajoelha-se e beija a mão do Rei.

Pedro afaga-lhe o cabelo, porém o gesto, embora afectuoso, é distraído.

Ao sair da alcova real, Afonso Madeira respira fundo, aliviado.

Sem dúvida quer e sabe que é do seu interesse satisfazer o Rei. Porém a sua idade tão moça não pode satisfazer-se com os fantasmas sombrios que sempre pairam em volta de Pedro, quando não lhe habitam o íntimo. E por isso respira aliviado e de coração alegre, porque julgava ter perdido a noite e afinal ganhou-a.

Talvez mais cedo ainda do que julgava, até, pois dá-se conta de que, após a saída de El-Rei, também as donas abandonam a sala grande e se retiram para os aposentos que lhes foram arranjados. Algumas passam por ele no corredor e trocam-se saudações. Decerto Catarina já se recolheu... e ele sabe que à mulher do corregedor da corte foi reservada uma pequena alcova, para seu maior conforto e privança.

Sabe também onde fica essa alcova. Mas antes de se dirigir para lá, toma uma precaução elementar: vai, furtivamente, espreitar à porta da sala.

Vários daqueles que aí devem pernoitar já dormem, e nem todos nas camas que as servas se apressaram a preparar, pois o vinho bebido roubou-lhes a força para se levantarem e assim dormem onde antes se encontravam. No entanto, Lourenço Gonçalves não se recolheu: continua ali, instalado a um canto da mesa que fora posta para El-Rei, onde mandou colocar um tabuleiro de xadrez. Ele e Gonçalo Martins, absortos no jogo, não falam. De tempos a tempos bebem um gole de vinho sem despregar os olhos das peças de marfim.

Afonso Madeira, sempre furtivo, recua e afasta-se, funde-se nas sombras do corredor mal iluminado. Caminha devagar, para não fazer ruído. Os seus passos levam-no, por um longo percurso, até à porta da alcova de Catarina, que fica, abençoadamente, do outro lado do castelo.

Bate discretamente. Bem depressa, como se esperasse alguém, ela, já em camisa de noite, vem entreabrir. Ao vê-lo, solta uma exclamação: – Vós?!

A surpresa não é sincera mas tenta parecer escandalizada e começa a fechar a porta. Fá-lo com pouca convicção e ele impede-a facilmente enquanto suplica: atendei, senhora, atendei, uma palavra só.

– Sois louco, Afonso, atentai no perigo! O meu marido...

Afonso Madeira sorri, porque ela não falou em ousadia nem atrevimento e sim no perigo. Bom sinal, sinal certo. O vosso marido, diz com ar travesso, está mui quedo e ledo, jogando com Gonçalo Martins. Vi-o agora mesmo, não lhe passa na ideia visitar-vos.

E numa súplica:

– Senhora, um só momento, uma só palavra!

Os seus olhos são tão belos, o rosto tem um tal encanto. Catarina sente como é difícil resistir.

– Pois bem, dizei.

– Assim, desta guisa? Pela fresta da porta?

– É mui galante! – responde ela, rindo. Mas logo séria, ansiosa, insiste: – Pois não vedes o perigo que corremos?

– Não há perigo, eu vos juro, ninguém me viu.

– E quereis entrar? Porquê?

Afonso Madeira pôs-se também muito sério: senhora, isto há-de ser, deixai-me entrar ou nunca mais me vereis, pois me lançarei do alto da muralha, por vosso amor.

Santa Maria val, exclama Catarina, por certo não faríeis tal cousa. Vereis, insiste ele. Cerrai-me esta porta e morrerei, morrerei por vós.

– Vede que assim me forçais ao que eu não quero...

Ambos sabem que tudo aquilo é um jogo. Bem menos subtil que o xadrez, pois de antemão estão decididos a dar--lhe o fim que desejam. Catarina hesita ainda um instante, porém a mão que segura o batente escorrega um pouco, já frouxa. Ele não perde a oportunidade, empurra a porta e entra.

Então, sem mais fingimentos, lançam-se um contra o outro, numa ânsia a que o perigo dá mais fervor.

Por que se mudou o dourado em vermelho, o ouro em sangue, por que há um machado sujo tombado nas lajes do chão?

Pedro tem de correr para chegar a tempo de fazer aquele sangue regressar às veias e isso ainda é possível se chegar a tempo mas tem de correr, tem de voar, porém está preso, acorrentado no fundo de um rio; cheio de fúria e de angústia lança mão aos ferros, puxa-os num sacão, com um esforço doloroso e o suor que o seu corpo liberta mistura-se com a água. As cadeias partem--se enfim e ele corre sobre o leito do rio escorregando em pedras e limos, a água retarda-lhe os movimentos, asinha, asinha, grita alguém, acudi a Inês, que a matam e é vosso pai que a mata, acudi-lhe. E a água tão espessa e tão parada, o seu corpo tão pesado e lento.

Pedro desperta com o seu próprio grito.

Não é agora, tudo aconteceu no passado e não foi assim, no entanto uma coisa, uma só coisa é verdadeira.

Naquele dia, não chegou a tempo.

Limpa com a manga da camisa o suor que lhe encharca o rosto. Sempre o mesmo pesadelo. Ou não, engana-se, recorda agora muitos outros, porém em todos há o sangue derramado e ele incapaz de chegar a tempo, incapaz até de se molhar naquele sangue ou de o guardar – que relicário nunca visto haveria então de mandar fazer, todo em ouro, como o ouro do seu cabelo, e cravejado de pedras azuis como o azul dos seus olhos.

Não suportará hoje este desespero que lhe revolve as entranhas. Afasta a roupa da cama, salta para o chão com uma pressa febril. Precipita-se para a mesa e enche uma taça de vinho enquanto a sua voz vibra levantando ecos na noite: Sancho, Martim, vinde prestes.

A garganta, de seca, embarga-lhe a voz e ele bebe e volta a chamar Sancho, Martim, hou-lá, El-Rei vos chama.

Os moços-de-câmara, estremunhados, compondo as vestes, entram de roldão trazendo velas e logo atrás deles brilham à luz das chamas as cotas de malha e as armas dos guardas que estão de vigia e acorreram também. Já Pedro despiu a camisa e a lançou para o chão, começa a vestir-se com movimentos sacudidos. Um dos moços aproxima-se para o ajudar, ele afasta-o bruscamente enquanto brada:

— Andai, fazei levantar quantos dormem aí. Acendei tochas e chamai João Mateus e Lourenço Pallos, que tragam as trompas de prata. Saímos à vila. Andar, andar!

Não é coisa nova este comportamento do Rei, contudo os moços levam alguns instantes a reagir e têm de se apressar então, porque ele saiu para o corredor em passos largos. Correm a obedecer-lhe: o castelo anima-se como um grande monstro que desperta e se sacode. Gente aparece no corredor por onde segue o Rei, à frente vem João Afonso. Pedro toma-o pelo braço, rindo numa alegria artificial que tem muito de febre.

— Vinde, vinde todos. Havemos de sair a folgar e a bailar!

Seguem-no em cortejo improvisado enquanto se acendem à pressa lâmpadas e archotes. Abrem-se portas, baixa-se a ponte levadiça. Há ainda quem se abafe contra o frio da noite enquanto corre, a resmungar, lamentando o sono assim espalhado.

Nem todos seguiram Pedro, que desce para a vila. Num pequeno quarto da torre sul, Álvaro Pais dorme profundamente, fatigado da viagem; os moços respeitaram o seu repouso, sabem que sofre de dores nos ossos pelo tempo mais húmido. Na sala grande, alguns estão demasiado embriagados para ouvir chamamentos e trompas de prata. Aí, também, Lourenço Gonçalves e Gonçalo Martins não arredaram do xadrez, apenas ergueram a cabeça quando Mendo Pires veio apressar os acordados, depois trocaram um olhar e voltaram de novo a sua atenção para o jogo.

E, no lado oposto do castelo, Afonso e Catarina amam-se furiosamente.

Em Alcanede só havia luz na taberna, onde os mais teimosos devotos do vinho tardavam em largar as malgas de barro. Agora, todavia, à passagem do Rei, com o seu séquito de fidalgos, donas, guardas e muita outra gente, abrem-se janelas, acendem-se candeias, cabeças espreitam. Na taberna, a porta abre-se de rompante e um velho, que saiu há pouco dali, torna a entrar, afogueado, clamando:

– Vem aí El-Rei! El-Rei vem aí, a folgar e a bailar pelas ruas!

É a debandada, todos acorrem. Já a vila inteira está desperta e começa a festejar. A alegria de Pedro, que eles não suspeitam ser falsa, contagia-os. Porque o Rei é amado pelos pequenos e pelos pobres, que sempre nele encontram a punição de quem os oprime, o cuidado pelas suas vidas e bens, uma bolsa generosamente aberta. Assim, homens e mulheres esfregam as caras para afastar o véu do sono, enfiam à pressa o agasalho que têm e saem para a rua. Vozes cruzam-se no ar:

– El-Rei! É El-Rei que aí vai!
– Jesus, como vai ledo! Boa folgança a dele!
– Ah, Simão, pois aonde vais tu, Simão?!
– Larga-me, mulher, que se El-Rei folga com o povo, também eu quero folgar!
– Ai, perro! Espera por mim, Simão!

Sim, Pedro folga com o povo, como é seu hábito quando foge dos sonhos maus. Com ele todos podem dançar e João Afonso tem o maior trabalho para que, perto, esteja sempre um homem de armas. Pedro apoia-se familiarmente a ombros e braços que cheiram a gado, a alho e a suor, depois rodopia tomando uma moça pela cintura para logo a largar e vai beijar, rindo, uma velha desdentada que se baba toda na surpresa e no deleite do beijo real.

– Salve, salve, El-Rei é nosso pai!

Alcanede inteira está em festa, pula e dança.

A porta abre-se com estrondo.

Num delicioso e último instante, Catarina e Afonso podem julgar confusamente que o som existe apenas dentro deles ao atingirem o orgasmo. Nada mais que um instante: Lourenço Gonçalves ali está, de espada nua na mão. Atrás dele vêm Gonçalo Martins e Múnio Viegas – Múnio Viegas, que de combinação com os outros dois toda a noite vigiou o escudeiro, que o seguiu desde a câmara do Rei à sala grande e depois até àquele quarto.

Catarina grita. O seu grito é estrangulado pelo olhar gelado do marido, pelo brilho da sua espada. O tremor que a toma rouba-lhe então a voz. Gonçalo Martins e Múnio Viegas lançam-se a Afonso Madeira, arrancam-no da cama, ele tenta em vão defender-se daqueles dois, que as longas caçadas e a guerra contra Pedro de Aragão tornaram sólidos como granito.

Catarina espera a morte, sem forças para implorar. Mas Lourenço Gonçalves, todos o sabem, tem a cabeça fria. Apenas diz, entre dentes: mais tarde, aleivosa. Mais tarde, barregã.

E sai atrás dos amigos, que levam o escudeiro de rastos, debatendo-se na sua impotência.

Alcanede inteira está em festa, Alcanede pula e dança.

De súbito, um brado alça-se sobre a música e a vozearia: – Lugar, deixai-me passar, que hei-de falar a El-Rei. Lugar! El-Rei, hei mister falar a El-Rei.

Há quem reconheça o vulto pesado do corregedor da corte e os seus companheiros. Esses que os reconhecem afastam-se. Lourenço Gonçalves empurra os outros e avança. Pedro, embriagado pela música e a dança, ainda não reparou nele.

– Senhor! Ouça-me vossa mercê!

O semblante, a voz, fazem adivinhar caso grave. À sua volta a gente vai-se calando, uns receosos outros curiosos. Pedro continua envolvido na dança e não o ouve, não compreende o que se passa.

Um novo brado:

– Justiça! Peço justiça a El-Rei.

Imediatamente, Pedro reage à palavra «justiça». Pára, faz um gesto a ordenar silêncio e quando é obedecido pergunta em alta voz:

– Quem pede justiça?

Repara então naquele que se aproxima. – Vós, Lourenço Gonçalves?

– Senhor, justiça contra um escudeiro vosso, culpado de fornicação com dona casada.

Da boca de Pedro sai um rugido surdo: – Quem?

E num novo pesadelo, agora porém acordado, vê Lourenço Gonçalves afastar-se para o lado e os que o seguem atirarem para a sua frente Afonso Madeira.

– Tu?

Não o surpreende tanto a traição, essa apenas o magoa, quanto ao resto entendeu há muito que a falsidade habita em todos os lugares. Surpreende-o, sim, a loucura do moço, que tão bem sabe como ele castiga sem piedade aquele crime, em toda a parte, mas com maior rigor ainda na corte. E tão bem sabe, ou deveria saber por já longa experiência, que a justiça do Rei não se detém nos umbrais da sua casa.

Afonso corre a ajoelhar-se diante de Pedro enquanto Lourenço Gonçalves fala:

– Senhor, o vosso escudeiro Afonso Madeira, encontrei-o eu na cama de D. Catarina, minha mulher. Múnio Viegas e Gonçalo Martins, que aqui são, vos dirão que não minto.

No grande silêncio que reina agora, Pedro olha detidamente o corregedor. Bem compreende que só por respeito à sua pessoa não trespassou Afonso Madeira com a espada no próprio leito do adultério. Só por respeito; direito, tinha-o ele, mas sabe como Pedro quer àquele seu escudeiro. Sossegai, pensa, sossegai, Lourenço Gonçalves, que eu pagarei esse respeito com boa justiça.

Prostrado no chão de terra, suja do esterco de bestas e animais de criação, amassada pelos pés da populaça, Afonso Madeira murmura entre soluços, porém ele interrompe-o:

– A confissão. Quero-a eu ouvir da tua boca, e sem tormentos. Faz-me essa graça, sem tormentos.

O moço ergue a cabeça e confessa-se, numa súplica desesperada: – Senhor, foi o demo. O demo entrou em mim, foi o demo que me tentou.

– O demo... – Pedro solta uma breve gargalhada. Depois, olha em volta e ao avistar João Afonso ordena-lhe:

– Chamai D. Martinho Fróis, que o ponha na masmorra do castelo.

Enquanto o conde de Barcelos se afasta, Afonso Madeira encontra ainda voz para bradar:

— Senhor! Perdoe vossa mercê este meu pecado!

Tenta beijar a mão do Rei, já só encontra a poeira levantada pelos seus pés. Pedro regressa ao castelo, o povo abre um largo espaço para ele passar.

A festa de Alcanede terminou.

...E, finalmente, El-Rei, manhã cedo, pouco antes de se recolher, pois só então se deitou, disse a Lourenço Gonçalves que à mulher podia ele fazer o que lhe aprouvesse.

Isto conta João Afonso enquanto reprime um bocejo que lhe corta a fala, porque dormiu pouco e mal. Passam duas horas sobre o nascer do sol. Numa pequena sala onde Álvaro Pais instalou a chancelaria para o breve tempo em que o Rei permanecer em Alcanede, o conde de Barcelos relatou os acontecimentos da noite anterior e Álvaro Pais escutou-o de cenho carregado

— Que respondeu a isso Lourenço Gonçalves?

— Que pois assim prazia a sua mercê, entendia ele ser a morte castigo mui curto e doce para tão grande crime e que encerrará D. Catarina Tosse por toda a vida em um convento onde lhe seja defendido falar e ver outra gente além das irmãs.

Um breve sorriso passa nos lábios do chanceler, que comenta: Lourenço Gonçalves é marido mais cristão que zeloso, quer deixar a vida à mulher e disfarça a misericórdia com a dureza do convento. E Afonso Madeira?

— Jaz na masmorra desde ontem, como vos disse. Cuido que El-Rei não lhe perdoará.

— Eu tinha-o avisado — replica Álvaro Pais sem esconder a irritação. — Eu avisei-o mas ele ainda começou de escarnecer... louco, sandeu! Não, El-Rei não lhe perdoará, por muito que lhe queira. Perdoar? Não mandou ele queimar a mulher de Afonso André e o homem que lhe punha as cornas? E não quis ele matar D. Lançarote Peçanho, e mais era almirante, só porque...

Encolhe os ombros, cala-se. São inúteis outros exemplos, ambos os conhecem, sabem com que rigor Pedro castiga adultérios, mancebias, outros desvarios da carne.

Depois de um curto silêncio, João Afonso desabafa em confidência:

– Eu vos digo que El-Rei é mui duro a castigar estes pecados de que só a Santa Igreja devia ter cura...

Álvaro Pais não está de acordo. É verdade que Pedro anda longe de observar a virtude ele próprio, mas o chanceler entende que o Rei deve estar um pouco acima dos outros homens, já que Deus lhe colocou sobre os ombros fardo tão pesado, de que nunca tem alívio nem descanso. Porém mal andaria o mundo se os reis não zelassem pela virtude, se não neles mesmos, ao menos nos outros. Portanto, replica:

– Olhai, bom é que El-Rei cure dos bons costumes e tenha o reino em direito e em justiça. Por isso o povo lhe quer tanto, como sabeis.

O povo, exclama João Afonso com escárnio, agastado. Falava eu do povo, Álvaro Pais?

Tarde se lembra de que disse isto a um homem que vale pelo seu mérito e não pelo sangue que lhe corre nas veias. Tanto pior, está dito e assim o pensa.

Álvaro Pais acusa o toque. Certo que não falastes, responde com ironia cortante. Certo que não. Mas sofrei que vos diga, El-Rei D. Pedro é um grande rei porque a sua justiça não conhece grandes nem pequenos. E assim deve ser, pois os fidalgos são o sangue do reino, mas eu vos digo que os pequenos, esses, são a carne (que vós outros comeis, pensa ainda, sem o dizer).

– Agora me falais vós de cozinha!

Álvaro Pais devolve-lhe o sarcasmo:

– Se o povo não cozinhasse os grandes morriam à míngua, até mesmo o nobre conde de Barcelos...

Os dois defrontam-se com o olhar. Após um instante, João Afonso domina o seu génio.

– Sois o chanceler de El-Rei e eu o seu mordomo-mor. É bom que não briguemos. Mas não entendo eu como vos anojais tanto da sorte de Afonso Madeira, pois que julgais boa tal dureza.

Álvaro Pais, por sua vez, contém a impaciência que desperta no seu espírito o que classifica de ligeireza de ânimo e replica: porém vos digo que El-Rei, agora tão anojado por mor deste caso, há-de ter o ânimo ainda mais aceso contra Pero Coelho e Álvaro Gonçalves, esses mesmos que vós e eu queremos salvar.

É isto que devias ter no pensamento, comenta no seu íntimo, isto e não a sorte de um escudeiro, só por ele ser moço de prol.

João Afonso lembra-se então daquilo que tanto os preocupa.

– Sim, mas é cousa diferente. Aí, cuido eu da honra de El-Rei, do juramento que ele fez.

– Pois eu, cuido antes da honra do reino, que é ela a mesma que a honra de El-Rei. É isso que me dá cuidado. Castigar, passados estes anos, os que aconselharam a morte da Castro é cousa que não devia ser feita em nome da justiça. Porque, e nisto haveis de pensar como eu, a sentença de El-Rei D. Afonso contra D. Inês foi dura, sim, mas foi justa.

Não me cabem agora dúvidas, reconhece João Afonso. É de facto algo em que estão de acordo, embora ele tenha seguido Pedro na guerra contra seu pai, e embora hoje só se possa dizer tal cousa em voz baixa.

Foi justa a sentença, repete Álvaro Pais devagar. E não cabe dizer que D. Inês não conhecia os perigos. Tal como Afonso Madeira, também ela foi aconselhada.

Sim, foi aconselhada. Mas a resposta de Inês a tal conselho ainda soa, fresca e nítida, na sua memória.

– Não!

O sol entra livremente pelas janelas do paço de Santa Clara, construído pela Rainha D. Isabel paredes meias com o mosteiro que mandou reedificar na margem esquerda do Mondego. O ar está carregado com aromas de Primavera. Do jardim chegam sons alegres a condizer com esses aromas: risos infantis, tinir de espadas que se chocam, não em combate mas em justa amigável.

– Não. Não posso fazer tal cousa.

A voz de Inês é firme, sem hesitações. Álvaro Pais e Diogo Lopes Pacheco entreolham-se. Vieram propositadamente a Coimbra, aproveitando a ausência de Pedro, para fazer uma última advertência. Ambos sentem que na corte o ar anda irrespirável por causa deste já longo escândalo, a mancebia do Infante com a Castro. Mancebia incestuosa, pois são primos, e perigosa para o reino, pois os irmãos dela não cessam de intrigar, esfomeados que são de poder e honrarias. Cada vez mais se murmura, e não só na corte. O reino inteiro murmura. Há quem já fale em medidas extremas, que eles adivinham e pretendem, se isso for possível, evitar.

O seu propósito esbarra contra a determinação de Inês: sei que falais por meu bem, diz ela, porém não o farei eu, nem o Infante mo deixaria fazer. Atentai que já uma vez me apartei dele e fui para Castela. Bem sabeis que me foi procurar.

Mas, diz Diogo Lopes com um sorriso de diplomata, o castelo de Albuquerque, onde vos acolhestes, fica tão próximo de Portugal. Se vos apartásseis para mais longe, D. Pedro não poderia ir em vossa demanda. E, já sério, insiste: senhora, nós só desejamos o vosso bem.

– Só o meu bem?

Álvaro Pais responde à ironia de Inês com franqueza brutal:

– Não. Queremos o bem do reino e que se cumpra a vontade de El-Rei D. Afonso.

– E estorvo eu o bem do reino?

– Álvaro Pais – lembra-lhe Diogo Lopes mansamente – disse também: e a vontade de El-Rei.

– Que é o bem do reino – acrescenta Álvaro Pais com severidade.

Diogo Lopes retoma a palavra. El-Rei, diz ele, já ficou muito anojado quando o Infante, sem lhe pedir conselho nem licença, quis defender os seus direitos à coroa de Leão e Castela.

Demais o sabe ela e, no seu íntimo, não se toma por inocente desse acto, mas não vai confessá-lo aos dois conselheiros.

– E vós culpais-me de tal feito?

– Senhora, sabem todos que o Infante o fez aconselhado por vossos irmãos.

– Meus irmãos… – murmura Inês. – Há muito tempo já que os não vejo. D. Pedro obedeceu, renunciou aos seus direitos. Em Castela tudo mudou, El-Rei é vivo e são e bem forte, como sabeis. Que mais podeis vós dizer?

Pois se ela finge não o saber, haverá mister dizer-lhe tudo, pensa Álvaro Pais, que dá um passo em frente para emprestar mais ênfase às palavras.

– Isto podemos dizer, senhora. Desde a morte de D. Constança, o Infante recusa-se a casar. Para não se apartar de vós. El-Rei não sofre esta recusa. Está velho e doente, quer que o Infante tenha outros filhos legítimos…

Ao ouvir a menção aos filhos legítimos, Inês endireita o corpo, numa reacção de orgulho magoado. Como ousa aquele homem insultá-la em sua própria casa? Mas Álvaro Pais, a quem não escapou a reacção, prossegue, imperturbável:

– …Além do Infante D. Fernando. Por isso El-Rei está sanhudo contra vós. E o povo murmura.

Inês virou-lhe as costas, aproximou-se da janela e olha agora para o jardim. Sem se voltar, responde com voz ligeiramente trémula:

– El-Rei está sanhudo, o povo murmura... e porquê todo esse escândalo? Porque El-Rei não sofreria ver o Infante casado comigo. Que tenho linhagem e já lhe dei três filhos.

Vira-se para eles enquanto Diogo Lopes, que pensa também haver chegado o momento de ser firme, declara:

– Senhora, falamos do futuro Rei de Portugal. A mulher que casar com ele será Rainha e haverá de ser legítima, sem impedimentos por azo de parentesco e haverá de ser filha de rei...

De súbito, compreende claramente o sentido das palavras de Inês. Era esse então o vosso intento? – questiona, com espanto, baixando a voz.

– Rainha? Em tal cousa não pensaria nunca.

Mas em Inês o cálculo e a ambição lutam sempre com as emoções e agora estas correm à superfície, vencem-na, impedem-na de continuar o jogo da dissimulação. E assim, a negativa que ia repetir por artifício torna-se agora sincera.

– Não. É só a ele que eu quero, porque sem ele a minha vida acabaria e a vida dele também nada seria sem mim. Senhores, pois sois tão duros de coração que vedes intrigas onde só há amor? Bem sei eu que não poderia ser Rainha, bem sei eu que me perdi pelo Infante e que vivo em escândalo e que o povo me quer mal e que El-Rei me tem sanha.

Cala-se, ofegante. E dá então mais um passo no caminho que a conduz à morte.

– D. Pedro jamais consentirá em apartar-se de mim, ainda que eu fugisse não para Castela, mas para o reino de Aragão. E eu, eu não tenho forças para me apartar dele. Não cabe pedir-me o que não posso dar.

Depois sorri e dirige-se à porta.

– Mau agasalho vos dei, senhores. Eu vos farei servir de vinho e comida antes que vos partais.

Vai a sair quando Diogo Lopes lhe lança um derradeiro apelo:

– Senhora, uma palavra ainda. Há nisto grande perigo para vós.

Inês volta-se para ele e sorri de novo. É um desafio entre sorrisos. Está decidida a correr todos os riscos.

– E grande perigo haverá para quem quiser apartar-me do infante. Conheceis bem o seu ânimo.

As palavras ecoam ainda depois de ela sair. Um passo mais para a morte.

Então, quando o eco se extingue, os ruídos do exterior parecem apoderar-se da sala, como um grito de vida a contrariar a morte que ali foi aprazada: brados e risos de crianças, o retinir de espadas que se cruzam em justa. Álvaro Pais vai até à janela, olha para fora. Dois rapazinhos, empunhando espadas pequenas, feitas para o seu tamanho, treinam-se na luta sob o olhar risonho de um mestre de armas. É um espectáculo tão alegre e tão belo, as crianças movem-se com tanta vivacidade, tanta graça. Sem desviar a cabeça, Álvaro Pais sabe que Diogo Lopes Pacheco veio para o seu lado e, como ele, observa.

Os filhos do Infante e de D. Inês, murmura Diogo Lopes. Os mais velhos, D. João e D. Dinis.

Álvaro Pais acena lentamente com a cabeça. Ainda não os tinha visto, comenta, nunca vieram à corte. Vede como são fortes e cheios de vida.

Não o diz, porém ambos o pensam: essa mesma força, nestas duas pequenas vidas, representa o maior perigo, neste momento. Dois bastardos saudáveis e robustos, em cujos corpos corre o sangue dos Castro.

– E o Infante D. Fernando, tão frágil – sussurra Diogo Lopes.

– Enquanto El-Rei for vivo, será fora de todo perigo, Deus querendo. Mas depois?

Sentado numa grande cadeira de espaldar, sob um dossel improvisado, Pedro julgou aqueles que em todo o termo de Alcanede vinham acusados de crimes de morte, roubo e outras malfeitorias. Alguns, absolveu-os por ter entendido, pelas provas e testemunhas, que eram vítimas de suspeitas infundadas ou intrigas alheias, porém as absolvições foram compensadas com a sentença dos que achou culpados dessas intrigas. Quanto ao violador da pastora, o primeiro a ser julgado, baloiça já numa forca, à saída do castelo.

O Rei fez justiça na vila de Alcanede. Agora, todos os presentes sabem que fará justiça na corte. A um gesto seu, já esperado, os guardas trazem Afonso Madeira.

O escudeiro, durante a noite passada na masmorra, teve tempo de preparar e ensaiar uma longa oração em sua defesa. Uma oração que ele julga capaz de comover um rochedo, quanto mais o coração de El-Rei, que sempre lhe quis bem, que não pode ter esquecido certos momentos passados na sua companhia. E talvez ele insinue até a memória desses momentos, para o enternecer.

Com o estômago contraído pela ansiedade, espera o instante em que lhe será concedido falar. E tão certo se tem de poder pronunciar a sua súplica que quando Pedro fala ele leva algum tempo a compreender, não se apercebe imediatamente de que está perdido:

– Ontem mesmo confessaste o teu crime, não há pois mais que ouvir.

Pedro dirige-se então ao corregedor:

– Lourenço Gonçalves, sois vós o principal ofendido. Eu vos entreguei a sorte de vossa mulher, agora vos entrego também Afonso Madeira. Dizei que sentença quereis para o condenado.

Ao que Lourenço Gonçalves responde gravemente:
— Eu confio na justiça de El-Rei. Vossa mercê ditará a sentença.

Álvaro Pais, que está presente, faz um breve, quase imperceptível sorriso e pensa: homem verdadeiramente assisado, este; não quer ferir El-Rei pedindo a morte e assim lhe devolve a sentença e tem por certo que ela haverá de ser pesada, como é sempre a justiça real.

Afonso Madeira compreendeu, enfim. No estômago já contraído sente agora um grande gelo que o faz tremer. Incapaz de se conter, dá um passo na direcção do Rei. As palavras ensaiadas começam a sair, mas incertas, sem força.

— Senhor! Rogo a vossa misericórdia para...

A um gesto brusco de Pedro, um dos guardas dá-lhe nas costas com a espada em prancha e o jovem cai de joelhos. O choque foi doloroso mas, pelo menos, restituiu-lhe fôlego e voz para gritar.

— Senhor! — implora — Senhor, até São Pedro pecou! Senhor, misericórdia!

Pedro não o vê, sequer. Afonso Madeira deixou de existir. Apenas ouve a palavra misericórdia, como se fosse estranha, pertencente a uma outra linguagem.

E um pensamento o assalta: ela, que era inocente, há-de também ter pedido misericórdia. E não a alcançou.

Inês falou em misericórdia, sim. Mas de uma outra maneira, bem diferente.

Atordoada com a súbita notícia — a chegada do Rei ao paço de Santa Clara, rodeado de conselheiros e de gente armada —, alarmada com a intimação, El-Rei vos chama à sua presença, apenas se lembrou de dizer a uma sua donzela que velasse pela filha mais nova, que dormia no berço, e de pegar nos outros dois filhos pela mão, como se eles fossem a melhor defesa. Porque sabe, de saber mortalmente certo, que se D. Afonso veio de Montemor a Coimbra num momento em que Pedro corre a caça por terras mais a sul, foi para a atacar.

Ao entrar na sala, esta certeza reafirma-se ao ver o Rei sentado na cadeira de Pedro – como substituindo o poder que o Infante ali exerce –, ao ver o meirinho-mor, Álvaro Gonçalves, e Pero Coelho, seus inimigos declarados, e ao ver também o rosto entristecido de Diogo Lopes Pacheco, um rosto que lhe diz: eu preveni-vos.

Esperava ser presa, levada sob escolta, banida do reino, entregue à gente do rei de Castela. Esperava tudo, menos o que ouve. Por isso, quando o Rei lhe anuncia a decisão, ela repete, com espanto e com revolta, a última palavra que lhe é dita:

– A morte?!

Só depois, ante o silêncio, atira outra frase, porém mais em desafio que em súplica:

– E a vossa misericórdia, senhor?

Porque ela tem, ao menos, direito a essa misericórdia, em nome do amor do Infante e dos filhos que lhe deu.

O Rei desvia o olhar. Depois de tantas hesitações, não duvida agora de que a sua decisão é necessária e urgente. Essa firmeza confronta-se com a dignidade e a beleza de Inês, uma beleza que não murchou com os anos nem com os partos. E as crianças também ali estão, sérias, de olhos muito abertos, olhos que não entendem ainda o que se passa.

Reúne forças para responder:

– É tarde, D. Inês. É tarde para pedir misericórdia.

Eis o que ele lhe diz. E o rosto crispado de Diogo Lopes recorda-lhe incessantemente: eu preveni-vos, eu preveni-vos em tempo.

Senhor, replica Inês, sou pecadora, mas não criminosa. Os meus pecados, conheço-os, porém o crime, senhor? Qual é o meu crime?

A voz do Rei ganha volume e dureza:

– Haveis enfeitiçado o infante. Com vossas manhas e encantos, fizestes-lhe perder a razão, o siso e a obediência que me deve. Vós e vossos irmãos, D. Inês de Castro, haveis posto em grande perigo a paz dos meus reinos. Por vossa culpa, o Infante recusa-se a casar segunda vez.

Ao ouvi-lo, e sobretudo ao ver a severidade da sua expressão, Inês sente-se fraquejar. No entanto resiste, mantém a cabeça erguida, um guerreiro desarmado e frágil, mas frágil só de corpo.

– É a sua vontade e não a minha, que nada posso.

– A sua vontade é a vossa. Por vossa culpa, D. Pedro não tem hoje mais que um herdeiro legítimo.

É o Rei que fala, e o juiz. O homem ocultou-se atrás dessas figuras.

– Por vossa culpa, e por culpa dos vossos, eu temo hoje pela vida do infante D. Fernando. Temo pela vida do meu neto.

A sala ressoa então com a voz de Inês, que procura desesperadamente encontrar o homem atrás do Rei e do juiz.

E estes, brada, apontando as crianças, estes não são vossos netos?

Enfim, as lágrimas cobrem-lhe os olhos. Enfim, o seu ânimo quebra-se. Debruça-se sobre João e Dinis, acaricia-os com mãos que tremem e murmura:

– Filhos, meus filhos, ide pedir a El-Rei. Ide pedir ao vosso avô pela vida de vossa mãe, que ele quer matar.

Entorpecidos de medo, os dois garotos aproximam-se do Rei, prontos a fugir ao seu menor gesto. Mas D. Afonso não se move, apenas os olha enquanto procura couraçar-se. Estes inocentes, diz em voz baixa para a manter segura, estes inocentes são o vosso maior crime, pois que são eles também o maior perigo.

– Pois matai-os também, que não fiquem órfãos.

O grito de Inês pareceu encher não só a sala, mas todo o paço, o mosteiro a ele pegado, onde as freiras, já alertadas, rezam para mitigar o medo, e também Coimbra inteira, o Universo.

– Matai-os também, que não fiquem órfãos!

Depois, no silêncio que sucede ao grito, a voz grave de Diogo Lopes Pacheco, dirigindo-se ao Rei:

– Senhor. Melhor ainda que a justiça é a piedade. Matar a mãe destas crianças, o vosso sangue, os vossos netos...

Sinto-me tão velho e tão cansado, pensa de súbito o Rei. O fim não poderá vir longe. E acabo assim a minha vida, a dar morte.

Mas, antes de ceder, encara os outros conselheiros. E Álvaro Gonçalves esperava esse gesto. O Infante D. Fernando também é vosso neto, lembra ele duramente, e será Rei de Portugal, um dia, mas só se estes o deixarem. É a sua vida que jogais.

– E também a vida – intervém Pero Coelho – de todos os fidalgos e homens bons do vosso conselho, que sofrerão a sanha de D. Pedro, pois vós bem conheceis o seu génio, e sem que disso venha proveito para o reino. Se assim quereis sacrificar-nos, dai-nos permissão para fugir de Coimbra. O Infante não tardará aí. Haveremos de passar a Castela, todos nós, antes que ele...

Cala-se porque D. Afonso levantou a cabeça e a sua expressão modificou-se. O Rei venceu sobre o homem, o bem do reino também.

– Não. Álvaro Gonçalves, cumpri as minhas ordens.

Álvaro Gonçalves apruma-se. E agora é a sua voz que domina e enche o espaço.

– Ouvi. Justiça que manda fazer El-Rei D. Afonso, nosso senhor, na pessoa de D. Inês Pires de Castro...

Ela mantém-se erecta e firme enquanto a conduzem. Não reage à vista do carrasco. Não reage quando lhe cingem as mãos com correntes de ferro. Mas ao sentir que a puxam na direcção do cepo, só então o frio da morte a invade e um urro sai-lhe das entranhas, tão fundo e furioso que não parece vir dela, mas do ventre da Terra.

Ao descer-lhe sobre o pescoço – colo de garça lhe chamavam – ao descer-lhe sobre o pescoço com tanta força que depois de cortar carne, músculos, nervos, ossos, ainda fende a madeira do cepo e nela se crava, o machado rompe mais do que a vida de Inês. É um fim e um começo de outra era.

E é uma maldição, todos o sentem.

Pedro dirige-se ao local de uma outra execução.

Afonso Madeira, que é trazido à sua presença, vem hirto de terror.

Teme pela vida e no entanto esta não lhe será tirada. Mais tarde, o conde de Barcelos, que assistiu imperturbável – na aparência mas não no íntimo – à execução da sentença, conta simplesmente a Álvaro Pais:

– El-Rei mandou-lhe cortar aqueles membros que os homens em mor preço têm.

Não conta os gritos nem as súplicas, a tranquila competência dos executores, a fria indiferença do Rei, o pranto desesperado do amante de Catarina. Apenas acrescenta, fitando intencionalmente o chanceler:

– E depois mandou que tudo se apreste para voltarmos a Santarém amanhã, logo ao romper de alva.

Aquele espaço descoberto no interior do castelo de Santarém, que se destina a ser mais tarde um pequeno vergel para repouso e contemplação, ainda hoje não tem árvores nem plantas. Hoje, aliás, está irreconhecível. Quando Álvaro Pais aí chega, ao cair da noite, observa, perplexo, os preparativos que decorrem.

A meio, foi construído um vasto estrado de madeira, onde os servos colocaram uma espécie de banqueta, também em madeira bruta, sem adornos nem guarnição. Ao fundo, junto da muralha, vê uma pira feita de troncos de pinheiro, bem secos. E, em frente ao estrado, os moços de cozinha colocaram a grande cadeira do Rei, junto de uma mesa de modestas dimensões, onde pousam agora pichéis de água e vinho, taças de prata, pão, castanhas, o necessário para uma refeição.

O chanceler não compreende o que se passa. Movido pela curiosidade e por outros sentimentos mais sombrios, acerca-se de Álvaro de Castro, que avistou, encostado à parede, com um sorriso de satisfação a rasgar-lhe os traços duros. Em qualquer outra ocasião, evitaria dirigir-lhe a palavra, pois não tem por ele a menor estima, porém quer saber de antemão o que se prepara, embora já o suspeite.

Sabeis vós o que é isto, pergunta, e Álvaro de Castro abre mais o sorriso, como garoto mau que esconde qualquer coisa.

– Pois não vedes? El-Rei chegou agora da caça e mandou que lhe servissem de comer.

– Aqui? E por que mandou que viéssemos todos? E porquê tudo isto?

Antes que o outro lhe responda, trompas soam e o pátio enche-se de gente. Um pouco mais tarde chega Pedro e basta um olhar para ver que está febril e esconde uma emoção íntima que procura dominar.

Ao atentar neles, Pedro aproxima-se, fala-lhes com animação:

– D. Álvaro de Castro, quero-vos a meu lado nesta folgança. E vós também, Álvaro Pais.

Depois olha em volta, repara na mesa, vê que um moço traz uma pesada bandeja carregada de comida:

– Ah, as viandas. Morro de fome.

Sem mais palavras, toma lugar, serve-se de um naco de porco assado e começa a comer rapidamente, com um apetite que também é febril, empurrando a comida com longos tragos de vinho.

Fascinado a contragosto, Álvaro Pais observa-o. Dá-se conta de que, enquanto ele come, a sua expressão se altera. A transformação é gradual, mas visível. O seu rosto é agora uma máscara fria.

Na realidade, Pedro não se encontra ali. A carne que mastiga não lhe tem sabor e pouco lhe aproveita. O vinho, poderia beber um odre inteiro sem se alterar. Neste momento, o seu corpo não reage normalmente, é como se uma parte dele se houvesse ausentado atrás do espírito, que se recolheu a um cofre escuro.

Um guarda aproxima-se da mesa e estaca, à espera de ordens. Pedro não o vê imediatamente, mas, quando de súbito levanta a cabeça num gesto impaciente e dá por ele, faz-lhe um sinal e o homem afasta-se.

Não tarda a entrar no pátio um pequeno cortejo cuja simples vista explica aos presentes o que se prepara, como Álvaro Pais e muitos outros querem saber. Entre guardas pesadamente armados, avançam Pero Coelho e Álvaro Gonçalves, ainda cobertos de ferros; atrás segue uma figura bem conhecida, o carrasco de Santarém, com dois ajudantes que trazem consigo vários instrumentos da sua profissão, um rolo de cordas, um machado, facas grandes e bem afiadas cujas lâminas cintilam ao reflectir as chamas das lâmpadas e dos archotes.

Álvaro Pais fita João Afonso, que se encontra a alguma distância, do outro lado da mesa servida para o Rei, e quando se cruzam os olhares do chanceler-mor e do mordomo-mor ambos dizem: falhámos, outra coisa não caberia esperar. Porém em quase todos os rostos se lê perplexidade, pois se a execução dos presos é certa ninguém adivinha como vai obrar o carrasco, pois não se vê cepo, nem roda, nem forca nem garrote.

Os condenados são levados para o estrado, fazem-nos parar diante da mesa. Pedro, que continuou a comer, levanta-se então e aproxima-se deles.

– Eu vos prometi que não haveríeis de jazer muito tempo em vossa masmorra. Ora cumpro a minha palavra.

Faz uma curta pausa, como se esperasse uma resposta que não vem.

– Perguntei-vos muitas vezes quem eram os outros que foram culpados na morte de D. Inês. Haveis recusado responder-me. Pois sossegai: agora, já não o quero saber. Se quereis ser os únicos culpados, cumpra-se a vossa vontade.

(E entre alguns dos que assistem há quem sinta as entranhas retalhadas pelo medo, não vá um dos condenados dizer nomes.)

– Vós pagareis este perjúrio no Inferno!

Pero Coelho falou, sim, mas somente para lançar esta maldição, a que Pedro replica num riso de desprezo:

– Se for essa a vontade de Deus, ireis vós à minha frente e lá me servireis, como bons vassalos...

Depois recua e ergue a voz, aquela voz com que pronuncia as sentenças da sua justiça:

– Quem mata donas inocentes e sem defesa, tem coração tão ruim que dele não há mister, certo que passará bem sem esse coração...

Vira-se para o carrasco e termina:

– Como ordenei. A Pero Coelho, pelos peitos; a Álvaro Gonçalves, pelas espáduas.

Volta a sentar-se à mesa e continua a comer. Apesar de todos o terem ouvido, ninguém – nem os condenados – entendeu bem o significado exacto da ordem. Os ajudantes empurram Pero Coelho e forçam-no a deitar-se, sobre as costas, na banqueta de madeira e amarram-lhe as mãos e os pés. O carrasco empunha o machado.

Só então todos compreendem e estremecem. Nunca, de memória de homem, houve em Portugal execução de tamanha crueldade.

O carrasco abre as pernas para se firmar melhor, ergue o machado bem acima da cabeça, um pouco para trás, a tomar todo o balanço possível. Quando a lâmina desce, o uivo que sai do peito de Pero Coelho é cortado bruscamente, apenas se ouve, depois do ruído dos ossos a fender-se, um vago som que é o borbulhar do fôlego através do sangue. E há agora sangue em toda a volta, os pés dos ajudantes escorregam nele.

O carrasco estende o braço direito, entrega o machado a um ajudante, recebe dele uma das facas e chega-se ao corpo de Pero Coelho, agitado ainda por rápidos sacões. Ajoelha-se, mergulha a faca no peito aberto, corta, alarga, puxa e extrai de lá o coração, que lança para o estrado.

Durante a execução, Pedro não perdeu um só movimento. Agora bebe, já com prazer, uma taça inteira de vinho. Procura Álvaro de Castro com o olhar e sorri-lhe, triunfante. E o irmão de Inês domina a repugnância que sente para responder ao sorriso, pois esta execução é a vingança a que sempre se julgou com direito.

Retiram da banqueta o corpo de Pero Coelho. Durante todo este tempo, Álvaro Gonçalves não reagiu, hipnotizado pelo horror. Mas agora, que o tomam e o empurram para as tábuas do suplício, debate-se e grita furiosamente, como um animal no matadouro ao pressentir, ao cheirar a morte.

Uma reacção paralela percorre a assistência, que viu a primeira execução com a quietude do aturdimento e só agora começa a sentir náusea, horror ou compaixão. Algumas donas desmaiam. Mas até os homens se sentem perturbados. Entre eles contam-se duros guerreiros curtidos na guerra civil, ou que foram combater ao lado do rei castelhano contra Aragão. Alguns, mais velhos, lutaram ainda sob a bandeira de El-Rei D. Afonso, primeiro contra Castela e depois ao lado de Castela contra o infiel, nas margens do Salado. Todos eles estremecem vendo aquilo.

Todos menos Pedro, que cumpre o seu negro ritual. Quando se inicia o segundo suplício, impacienta-se com a imperícia do carrasco, que não está habituado àquela forma de dar a morte e também ele se agonia e quer acabar. Mais vagar, perro, diz o Rei. Mais vagar, para ele o sentir bem. Que é lá isso, pois não lhe encontras o coração, não te disse eu que fizesses prática em algum porco ou borrego?

Quando tudo termina, Pedro solta um rugido fundo, discreto, um «aaaah» íntimo de satisfação. Ergue a taça para que lhe deitem mais vinho.

O carrasco, de mãos, braços, peito e pernas cobertos de sangue, toma os dois corações, um em cada mão, e vem apresentá-los ao Rei com um vago sorriso que não é prazer mas antes a honesta e simples satisfação profissional de quem foi capaz de cumprir a sentença. Pedro, que está a beber, pousa a taça, olha em silêncio. Num repente levanta-se e dá uma ordem, uma só palavra:

– Queima-os.

Depois retira-se, enquanto os ajudantes do carrasco levam os corpos para a pira e se aplicam a incendiá-la.

Era então para isto tanta lenha, pensa atordoadamente Álvaro Pais, que uma tontura faz cambalear.

III
Per omnia saecula saeculorum

Noite cerrada, na Igreja de Santa Clara canta-se o ofício de completas.

Duas freiras estão ausentes. Uma delas, que no século se chamava D. Briolanja Peres, é a abadessa do mosteiro. A outra, Maria do Espírito Santo, é a irmã porteira, que acorreu ao tilintar insistente da sineta seguido de fortes pancadas na porta, dadas não com punhos mas talvez com o cabo de um chicote ou maça-de-armas, e depois disso foi, muito corada e ofegante, chamar a abadessa.

São estas duas que avançam agora rapidamente ao longo do claustro, atravessando sem o ver o jogo de luz e sombras que o luar ainda novo começa a fazer com as colunas da arcada.

Eu bem lhe disse, explica a irmã porteira justificando-se, bem lhe disse e repeti que não devia chamar-vos durante o ofício, mas ele insistiu dizendo que são ordens de El-Rei.

A abadessa replica num resmungo contrariado:

– Ordens de El-Rei, ordens de El-Rei... quem é ele, irmã, quem é esse fidalgo?

O conde de Barcelos, responde a outra, e a abadessa detém-se, a encará-la.

– D. João Afonso? O mordomo-mor? Sois certa?

Sim, responde a irmã porteira, porque bem o vi quando El-Rei veio a Coimbra para rezar junto da campa...

Hesita em terminar, pois a campa de Inês, no pequeno cemitério do mosteiro, é algo de que as freiras não falam, embora aí deponham flores e por vezes orações.

– Bem sei – intervém a abadessa, tirando-a do embaraço. – Irmã, voltai para a igreja. Que seja só eu a abandonar o ofício.

E retoma a marcha, enquanto a irmã porteira, corada e ofegante, corre agora na direcção contrária.

No parlatório, João Afonso espera com impaciência. Quando a abadessa entra não perde mais tempo do que o necessário a uma curta vénia, manifestação de um respeito apressado. Perdoai-me, Dona Abadessa, diz ele, mas o recado que vos trago não sofre atrasos nem demoras. El-Rei vem a caminho do mosteiro.

– El-Rei? E quando chega?

– Não tarda aí. E o que mais vos importa saber é que vem buscar o corpo de D. Inês de Castro.

Colhida de surpresa, ela sorve um trago de ar.

– Como dizeis?! Vai levar D. Inês? Para onde?

Alcobaça, responde João Afonso no mesmo tom de urgência, pois não sabeis que mandou a Mestre António que fizesse dois túmulos, um para si e outro para D. Inês?

Ouvi rumores, diz a abadessa com azedume, mas não o sabia de certeza certa, El-Rei não me tem no seu conselho mesmo em cousas que me são tão próximas. É então verdade?

– O túmulo de D. Inês está feito...

Após uma ligeira pausa, João Afonso pronuncia as palavras que, sabe de antemão, irão escandalizar a abadessa:

– E ficará em Alcobaça, ao lado do túmulo de El-Rei.

Ela apruma-se, os olhos brilham de indignação.

– D. Inês de Castro jaz em chão sagrado, aqui em Santa Clara. Não recebi eu ordens do bispo de Coimbra para...

Porém, mais do que a exumação forçada é a outra ideia que a revolta, por isso interrompe-se para melhor saltar sobre ela:

— E vai sepultá-la na Abadia Real de Alcobaça, a par do seu túmulo, como se fora sua mulher recebida?

Tranquilamente, João Afonso acena a cabeça, acrescenta mais uma precisão: sua mulher e Rainha, pois a estátua jacente tem-na coroada.

— El-Rei não pode fazer tal cousa.

Tende por certo que a fará, replica o conde de Barcelos, no mesmo tom tranquilo. Porém agora o silêncio é perturbado pelos ruídos de uma cavalgada que se aproxima. Ambos os escutam e João Afonso retoma a urgência para dizer:

— El-Rei chegou, Dona Abadessa, não é hora de contrariar a sua vontade.

— Senhor, eu devo obediência a El-Rei, mas antes devo-a a Deus.

Aumentou de volume o estrépito, patas de cavalos contra o chão duro, o resfolegar dos animais. As vozes das irmãs que cantam os salmos na igreja fraquejaram, perderam unidade e depois extinguiram-se. Surgem à entrada do parlatório algumas freiras tendo à sua frente a irmã porteira, ainda e sempre ofegante, mas agora pálida. El-Rei, murmura ela num sopro.

Com uma breve saudação de cabeça, João Afonso abandona apressadamente o parlatório, já cumpriu a missão, tem de reunir-se a Pedro. A abadessa domina as suas emoções e com a firmeza costumada dirige-se ao seu rebanho:

— Irmãs, vinde comigo.

O cemitério do mosteiro foi invadido por homens e por luzes. Pedro, vestido de negro, contempla, de rosto inexpressivo, a campa de onde foi retirada a laje e que dois dos seus guardas, transformados em coveiros, estão a cavar. Há já um considerável volume de terra amontoada, tal a pressa que o Rei pôs no trabalho.

É neste espaço invadido e ocupado por homens que irrompe o grupo de religiosas, um pequeno batalhão amedrontado em que só a abadessa mostra decisão e energia. Senhor, brada ela, não pode vossa mercê fazer tal cousa. Esse é chão sagrado e nenhum homem lhe pode tocar segundo sua vontade, acrescenta dirigindo-se aos coveiros, que param, indecisos, e olham Pedro.

– Nenhum homem, Dona Abadessa? Nem El-Rei?

– Senhor, esta é terra de Deus.

Olham-se como dois combatentes prontos a pegar em armas. Há agora um silêncio carregado com a memória de longas e, não poucas vezes, violentas confrontações entre a Igreja e a coroa. Tal silêncio quebra-o Pedro ao dirigir-se rispidamente aos seus homens:

– Haveis repousado? Cavai, mando eu!

E enquanto os homens retomam o trabalho, ele olha a abadessa, num desafio que esta aceita:

– Assim pois violais a santidade de um mosteiro e profanais o chão sagrado, pois que obrais sem licença do bispo.

Ameaçador, Pedro avança para a abadessa, que recua. Porém digna e sem medo visível, mais para manter a distância que para se proteger.

– Ao bispo de Coimbra mandei eu recado. Mas vós, madre abadessa... tinha eu aqui um inimigo que não conhecia.

Nunca, protesta ela, porém sabeis que a minha primeira obediência é a Deus e às Suas leis, não posso eu calar o que fazeis aqui nem o que intentais fazer em Alcobaça.

Pedro responde-lhe com ferocidade contida que ameaça explodir a qualquer momento:

— Entendo, entendo, também vós lhe queríeis mal. Enquanto D. Inês aqui viveu comigo, paredes meias com vosso mosteiro, éreis toda sorrisos e respeitos, mas quem sabe, já então faríeis intriga contra ela, em comunhão com os matadores.

A ódio e a desprezo a abadessa opõe dignidade e um corpo hirto, como esperando golpe físico:

— Podia eu ter apelado a El-Rei D. Afonso, que me ouviria. Mas não o fiz, por não acender mais discórdia entre vós e vosso pai.

Depois, uma breve recordação, a imagem de um cabelo de ouro velho, de um sorriso e de uns olhos de safira pálida, adoçam-lhe o tom:

— E por mor dela, também. Todas nós queríamos bem a D. Inês. Mas virdes buscá-la agora, e trasladá-la para Alcobaça como se fora vossa mulher e Rainha! Assim perdeis vossa honra e vossa alma.

A voz recuperou energia ao dizer isto. Mas logo as suas emoções mudam novamente ao atentar na expressão do Rei, que a olha. Pela primeira vez, vê no rosto de Pedro um imenso sofrimento que rompe a máscara dura. Com a mão direita, ele aponta a cova.

— Madre Abadessa. A minha honra e a minha alma são ali. Venho buscá-las.

Num movimento inesperado dirige-se à cova, arranca a pá às mãos de um dos coveiros, começa a cavar.

O silêncio voltou, apenas cortado pelo som da pá a morder a terra. Até que uma pancada seca de metal sobre madeira anuncia que a urna foi encontrada. Pedro continua, agora cautelosamente, como evitando ferir um corpo delicado, e só pára, enxugando o suor com a manga, quando toda a urna está a descoberto. Então recua, lança fora a pá.

Os coveiros recomeçam, afadigam-se de um lado e do outro, alargam a cova, trazem cordas e varas para levantar o caixão. Mas, quando tentam subi-lo, a madeira apodrecida não resiste e quebra-se em dois ou três pontos. A própria tampa, que perdeu o apoio, parte-se e perante o olhar horrorizado dos presentes descobre o cadáver.

Horror breve, logo mudado em espanto porque os vermes não atacaram o corpo, que está ressequido porém intacto. O rosto, emoldurado pelos panos que envolvem e mantêm a cabeça encostada ao tronco, num simulacro de inteireza, o rosto é de morta, no entanto os traços não foram apagados.

Pedro ajoelha e queda-se a contemplá-lo, com um sorriso.

E, num movimento espontâneo, todos se ajoelham também.

A própria abadessa, incapaz de resistir, está de joelhos, com os olhos molhados, os lábios pronunciando uma oração sem voz.

Nunca os monges da Abadia Real de Santa Maria de Alcobaça conheceram tamanho sobressalto na sua vida, cingida à severa rotina monástica, como aquele que hoje experimentam.

Primeiro vieram mensageiros a dar conta da aproximação do cortejo e também de tudo o que havia a fazer para oferecer guarida, no mosteiro e na vila, a tanta gente, incluindo – supremo embaraço – muitas donas da corte e várias irmãs de Santa Clara de Coimbra, entre as quais a própria abadessa. Depois, entrada a noite, enquanto os apressados preparativos ainda os agitavam, começaram a ouvir os cânticos. Alguns noviços mais crédulos julgaram que eles vinham do céu e caíram de joelhos, rostos erguidos, num princípio de êxtase místico a que o abade logo pôs termo rispidamente. Não tardou que avistassem a procissão, engrossada pela gente do lugar, e todos – incluindo o abade – pasmaram com tanta pompa, tantos círios acesos, a corte inteira, servos, clérigos, irmãos leigos, os bispos da Guarda e de Coimbra, o infante D. Fernando e os seus irmãos atrás da urna recoberta com panejamentos. Só faltava a pequenina D. Beatriz, demasiado criança para suportar bem a jornada. Ou talvez porque os seus olhos evocassem no pai demasiadas recordações, por serem demasiado parecidos com os que estavam fechados, secos e sem vida, dentro do caixão.

À frente, isolado, coberto com um pesado manto, vinha o Rei, cingindo a coroa, cujo ouro reflectia em pequenas chispas as centenas de chamas que o rodeavam.

Agora, noite cerrada, cessou o maior movimento, improvisou-se uma organização para o caos inicial. O refeitório, de onde foram retiradas as mesas, está transformado em câmara-ardente, enquanto os viajantes, espalhados pelo claustro, repousam e se reconfortam com o vinho que os noviços trazem da cozinha e lhes servem de cabeça baixa, sem proferir palavra. A vontade real quebra esta noite muitas das regras, porém eles mantêm a regra do silêncio.

Pedro recusou-se a comer ou a beber. Está ajoelhado em frente da urna, a rezar ou a sonhar, ninguém sabe. Mas no claustro, onde só os monges não falam, cruzam-se conversas em voz baixa.

O conde de Barcelos nota que a abadessa de Santa Clara se retirou para junto da fonte, ali onde foi colocado um banco de madeira destinado ao seu repouso e recolhimento. Os noviços hesitam em aproximar-se, mal concebem a presença de mulheres na abadia, coisa jamais vista nem ouvida. Então, João Afonso toma uma taça de vinho a um que passa à sua beira e vai, em passo repousado, oferecê-la a Briolanja Peres.

A abadessa agradece-lhe com os olhos e bebe um pequeno gole. Mas logo baixa a taça para o encarar.

Mais que solicitude, lê na sua expressão uma espécie de desafio.

– D. João Afonso. É certo o que ouvi murmurar, quando partimos de Coimbra?

Ao ver o seu aceno de cabeça, que lhe confirma todos os receios, desabafa:

– Quando El-Rei foi a Santa Clara tomar o corpo de D. Inês, dei por fim o meu consentimento. Mas isto, isto que ele intenta fazer agora, Virgem Santa, serei eu cúmplice de tal cousa?

Sim, responde-lhe João Afonso sem levantar a voz mas num tom incisivo. Sim. Vós e muitos outros.

– Vós também!

Eu, diz João Afonso com ironia, eu e o bispo de Coimbra e o santo bispo da Guarda, esse em parte maior que a minha. Já sério, acrescenta: é a vontade de El-Rei e nisto ele não cederá, bem o sabeis.

Depois afasta-se, deixa-a entregue aos seus ressentimentos. Que importam eles, o que importa, agora que o mais está feito, é cumprir a vontade de Pedro para mitigar aquela raiva interior que lhe envenena os dias.

Sente uma presença perto de si. É Álvaro Pais, que observou de longe a sua troca de palavras com Briolanja Peres. Sorri-lhe e comenta:

– A reverenda madre abadessa está muito anojada, já sabe da tenção que El-Rei tem.

O sorriso irrita Álvaro Pais. A sua razão é boa, diz ele, também eu não posso ser ledo. Conformado, sim. Mas vós, quase direi que folgais.

É a vez de João Afonso sentir azedume. Queríeis ver-me rasgando os vestidos e coberto de prantos? Se nada pudemos fazer por Álvaro Gonçalves e Pero Coelho, que mais resta agora se não calar e consentir em tudo?

Depois, atentando no olhar reprovador de Álvaro Pais:

— Porém eu me maravilho com vossa virtuosa indignação, pois cuido que trazeis convosco uma certa carta... de Roma... que foi na verdade escrita na vossa chancelaria. Em Cantanhede.

E como, sobressaltado, Álvaro Pais olha em volta, prossegue:

— Sossegai, só eu sei de tal cousa, mas vedes como é certo que não sois inocente nisto. Não fora a vontade de El-Rei, e seria grande crime. A diferença está em que é vontade de El-Rei.

Não, replica o chanceler com energia, a diferença está aí. E, discretamente, mostra-lhe os três filhos de Pedro, que nesse momento caminham pelo claustro na companhia de Álvaro de Castro. Quer sobretudo que ele atente no vulto franzino de D. Fernando.

— Aquela é a diferença. Um só infante, um só herdeiro legítimo, filho de D. Constança, sua legítima mulher. El-Rei não voltará a casar, sei-o agora. E o reino precisa de mais herdeiros, se não queremos ter rei castelhano.

Seja assim, diz João Afonso com um ligeiro encolher de ombros, seja assim, pois essa razão vos sossega a consciência.

— E não é cousa pouca. Mas a consciência de cada homem falará com voz diferente...

— Pois a minha fala tão bem ou melhor que a vossa!

Cedendo à irritação, o conde de Barcelos levantou a voz e logo Álvaro Pais o faz calar: tento, que El-Rei pode ouvir-nos.

Não ouve, replica João Afonso, não ouve, pois não ouvirá ninguém mais enquanto rezar e velar o corpo de D. Inês e ficai certo que assim ficará até ao romper de alva.

E nós, lembra-lhe Álvaro Pais, havemos de velar com ele.

Todos estão reunidos no refeitório, em torno do Rei e da urna. Não tarda que amanheça e então hão-de transferir-se para a igreja, onde o túmulo aberto aguarda o corpo de Inês e a derradeira consagração.

A derradeira consagração, praticada em perjúrio e diante do altar. A abadessa de Santa Clara não se conforma. Decerto haverá um prodígio, decerto o templo se abaterá sobre eles. Discretamente, aproxima-se de Álvaro Pais.

Estranho dia este, murmura-lhe, estranho e triste dia, em que vos vejo ser parte de uma cousa que...

– Cuido eu que sois aqui também, madre abadessa – responde ele com ironia amarga.

– Não o faço por medo, Álvaro Pais. Quando El-Rei foi a Santa Clara e o vi pegar na pá com suas mãos, quando vi como ele sofria, como ele sofre, como ele ainda quer a D. Inês...

– Sim. Quer-lhe tanto como em vida.

Calados, ambos reflectem na dimensão e também na quase monstruosidade daquele amor do Rei, que resiste ao tempo e recusa a morte. Mas a abadessa não logra esquecer o que se prepara.

– Porém vos digo que isto, isto não pode ser. Já me pesava que El-Rei trouxesse D. Inês para Alcobaça, mas o que vai fazer agora...

Assalta-a uma ideia repentina, uma loucura que se recusa a conhecer como tal.

– Se todos nós, aqui, ajoelhássemos aos seus pés suplicando que o não faça?

E ao ver o olhar incrédulo que Álvaro Pais lhe lança, prossegue, quase febril: aqui são os mais principais do reino, basta que um homem como vós dê tal exemplo, todos vos seguirão.

Num gesto lento e deliberado o chanceler percorre com os olhos a pequena multidão e depois detém-se novamente na abadessa e sorri:

– Cuidais vós que o fariam…?

Tendes razão, diz ela, caindo em si, ninguém o faria, é cousa impossível.

– E ainda que o fizessem? Olhai, madre, olhai além, o Infante D. Fernando. A única esperança deste reino, pois El-Rei não voltará a casar.

É mui loução e formoso, replica a abadessa, numa última defesa da ideia que já se conformou a abandonar.

– E é só um, madre abadessa.

– Mas como haveis de mudar o que está feito? Ainda que D. Inês fosse viva, El-Rei não poderia casar com ela, por azo de parentesco. Só com dispensação do Papa…

Um murmúrio de alarme interrompe a troca de palavras. O Rei levantou-se e vem, a passos rápidos, na direcção de ambos.

Pedro ouviu-os. Ouviu a última parte da conversa. Não tudo, porém o suficiente para adivinhar do que falam.

A revolta sufoca-o. Num rompante, levanta-se do genuflexório e avança. Quase se teme que o Rei erga a mão contra o seu chanceler ou, maior escândalo, contra a abadessa, mas ele domina-se no último instante.

Pois assim pensais, vós e todos quantos aqui são. Já me tarda fazer o que há tanto espero. Será aqui, neste mesmo instante, para que se algum ousar falar eu o possa matar com as minhas mãos sem manchar com sangue o altar da igreja.

Isto disse-o ele a si mesmo enquanto fixa os rostos à sua volta. Agora ergue a voz:

– Muitas e desvairadas falas hei ouvido sobre o propósito desta trasladação e sobre outras cousas. Ora ouvireis vós a minha tenção e sabereis o que será feito, por justiça e pelo interesse destes reinos, que é também o meu interesse…

A sua estatura parece aumentar quando remata:

– Que eu sou El-Rei.

É num silêncio mortal que o ouvem depois dizer:

– D. João Afonso, fazei como vos foi ordenado.

João Afonso não esperava a ordem neste momento, pois fora combinado que tudo se passaria na igreja, mas não importa. Agora ou mais tarde, está preparado. Assim o esteja também Álvaro Pais.

Avança, de modo a que todos o vejam, e lança a voz para a vasta sala, dizendo:

– Atentai, vós todos. Ora vos mostro uma bula em que o Papa dispensou El-Rei, sendo ele infante, para que pudesse casar com toda mulher, posto que lhe fosse chegada em parentesco.

Álvaro Pais está preparado, compreendeu que Pedro decidiu agir imediatamente. A um gesto seu, Frei Martinho, escrivão da chancelaria, vai entregar o documento a João Afonso, que o levanta bem alto, de modo a que todos o possam ver. Felizmente, pensam ambos, ninguém ousará querer examinar o selo com atenção. Nem mesmo a abadessa, cujo rosto horrorizado mostra que, finalmente, compreendeu o que ainda lhe faltava entender.

– Haveis agora de ouvir El-Rei – acrescenta João Afonso. E o bispo da Guarda, que está lívido, aproxima-se de Pedro trazendo os Evangelhos.

Pedro estende a mão direita, pousa-a sobre o livro sagrado. O que ele pronuncia é uma proclamação solene e um compromisso, mas também um desafio:

– Juro que, sendo eu Infante, estando em Bragança, pode haver uns sete anos, não me acordando eu do dia e mês, recebi por mulher, por palavras de presente, D. Inês de Castro, filha de D. Pedro Fernandes de Castro, e ela me recebeu a mim. E foram presentes no dito casamento Estêvão Lobato e D. Gil, bispo da Guarda, aqui presente. E isto não foi publicado em vida de El-Rei D. Afonso, meu pai, por temor e receio que eu dele havia.

Cala-se por um breve instante para dar maior peso às palavras finais:

– E pois assim é, D. João, D. Dinis e D. Beatriz, filhos que eu houve de D. Inês, são legítimos infantes. D. Inês de Castro é minha mulher e Rainha de Portugal.

Há, na sala, quem esperava ouvir coisa semelhante e quem foi apanhado de surpresa. Mas uns e outros sentem o mesmo frio e o mesmo choque. Então, como se quedam imóveis, sem reagir, Pedro precipita-se para os dois ricos-homens que lhe estão mais próximos, as suas mãos abatem-se sobre os seus ombros com tal fúria que eles caem de joelhos.

E uma vez mais, como no cemitério em Alcobaça, todos se ajoelham ante o corpo de Inês.

Um raio de sol, a primeira luz da manhã, trespassa a grande nave central da igreja e vem bater numa coluna, perto do túmulo que acabou de receber o corpo de Inês e foi depois fechado e assim ficará até ao fim do mundo. O ar parece vibrar ainda com o eco do som fundo e cavo de pedra assentando em pedra e do último cântico.

Agora, que os ecos morrem, o silêncio é apenas perturbado pelos passos vagarosos dos que abandonam a igreja. E também pelo respirar distante da multidão que se amontoa no exterior à espera de ver o Rei.

Mas os passos em breve cessam quando o último homem passa o portal e o respirar da multidão não é mais que um vago rumor longínquo. Junto do túmulo, o silêncio é absoluto.

O silêncio do princípio e do fim do mundo.

Pedro dá um único passo. As suas mãos estendem-se, tocam a pedra, acariciam-na.

Enfim. Vingada, desagravada, coroada.

Minha mulher e Rainha.

Porém as palavras, mesmo ditas só dentro de si, são perigosas.

Porque abrem caminho às emoções e já não é tempo de emoções, não é tempo de chorar. O seu maior amor está aqui, encerrado em pompa e glória, protegido pelo espaço sagrado, aguardando que chegue o tempo do reencontro, quando os mortos se levantarem na ressurreição da carne.

O seu outro amor está lá fora e também o espera.

Pedro retarda as mãos sobre a pedra numa derradeira carícia. Depois dá meia-volta e caminha, de corpo erecto, ao longo da nave, em direcção ao portal que desenha uma ogiva inundada pela luz da manhã.

É para essa luz que caminha e quando ela finalmente se apodera dele e o absorve estala no ar um grito feito de mil gritos.

O povo de Alcobaça e de léguas e léguas em redor vê-o enfim e o seu grito feito de mil gritos sobe para o céu.

Deus vos guarde, nosso pai. El-Rei é pai, El-Rei é pai.

Notas

Inês de Portugal é um romance e não um ensaio de reconstituição histórica, embora na sua elaboração eu me tenha socorrido das crónicas de Fernão Lopes e Rui de Pina.

Para além das «invenções» indispensáveis na construção da trama dramática, algumas liberdades foram tomadas em relacão à verdade histórica. Por exemplo – e tomando como referência Fernão Lopes –, o chanceler--mor de D. Pedro I, na época em que ele declarou ter casado em segredo com Inês de Castro, não seria Álvaro Pais e sim Vasco Martins de Sousa. No entanto, sabe-se que Álvaro Pais também desempenhou esse cargo, que só veio a abandonar no reinado de D. Fernando I; e foi para mim uma tentação irresistível recorrer à figura de um homem cujas qualidades e carácter Fernão Lopes tão bem descreveu e que, além disso, desempenharia um papel decisivo na revolução de 1383.

Da mesma forma, a bula contendo a dispensa papal (que D. João Afonso mostra no momento da proclamação) não era na realidade forjada, ao contrário do que se afirma neste livro e no filme em cujo guião ele se baseou. Essa bula teria sido emitida por ocasião do primeiro matrimónio de D. Pedro, então ainda herdeiro do trono, com a Infanta D. Branca de Castela.

Tal matrimónio não chegou a consumar-se e a dispensa foi depois considerada válida para permitir o casamento de D. Pedro com D. Constança Manuel – embora, segundo João das Regras afirmou nas cortes de Coimbra de 1385, já então essa validade houvesse levantado inicialmente certas dúvidas. Conforme João das Regras argumentou naquelas cortes, ela seria nula no caso – aliás nunca provado – do alegado casamento secreto de D. Pedro com D. Inês de Castro.

Em contrapartida, a morte de Inês, executada pelo carrasco e não pelas «espadas de aço fino» empunhadas pelos «brutos matadores», como Camões narra magistralmente em *Os Lusíadas*, está mais próxima dos factos históricos. Por muito cruel que nos pareça o acto, a morte de Inês de Castro não foi um assassínio e sim a execução de uma sentença real ditada por imperativos políticos.

Finalmente, julgo interessante assinalar que, na cena do sarau, a trova de D. Dinis cantada pelo segrel está reproduzida sem adaptações de linguagem, excepto uma: onde se lê *senhora* deveria ler-se *senhor*, pois na época em que esta cantiga de amor foi escrita a palavra ainda era invariável.

Principais personagens históricas

Pedro – D. Pedro I (1320-1367), oitavo rei de Portugal, filho de D. Afonso IV e de Beatriz de Castela.
Inês – Dama galega (?-1355), filha natural de Pedro Fernandes de Castro, neto de Sancho IV de Castela.
Afonso – D. Afonso IV (1291-1357), sétimo rei de Portugal, filho do rei D. Dinis e de Santa Isabel de Aragão.

Afonso Madeira – Escudeiro, favorito de D. Pedro I, que, no dizer do cronista Fernão Lopes, muito o amava, «mais do que se deve aqui de dizer».

Álvaro de Castro – D. Álvaro Pires de Castro, irmão de Inês. No reinado de D. Pedro I recebeu várias terras em Portugal. D. Fernando I fez dele o primeiro conde de Arraiolos e o primeiro condestável do reino.

Álvaro Gonçalves – Meirinho-mor do reino sob D. Afonso IV e um dos que aconselharam a execução de Inês.

Álvaro Pais – Rico cidadão de Lisboa, chanceler-mor de D. Pedro I e D. Fernando I. Desempenhou um papel fundamental na revolução de 1383 e na subida ao poder do Mestre de Avis, depois D. João I.

Beatriz – Rainha de Portugal (1293-1359) pelo seu casamento com D. Afonso IV. Filha de Sancho IV de Castela e de sua mulher D. Maria. Mãe de D. Pedro I.

Catarina – Catarina Tosse, mulher do corregedor da corte Lourenço Gonçalves.

Constança – D. Constança Manuel (?-1345), mulher de D. Pedro I, falecida antes de este subir ao trono. Filha de D. João Manuel, príncipe de Vilhena, tutor de Afonso XI de Castela.

Dinis – Infante, filho de D. Pedro I e D. Inês de Castro. Durante o reinado de seu meio-irmão, D. Fernando I, exilou-se em Castela. Muito mais tarde, tentou, sem êxito, disputar o trono de Portugal a D. João I, também seu meio-irmão.

Diogo Lopes Pacheco – Grande fidalgo português, conselheiro de D. Afonso IV e chanceler da rainha D. Beatriz. Fugiu de Portugal quando D. Pedro I foi aclamado rei e viu confiscados os seus bens. No entanto, por disposição testamentária, D. Pedro reconheceu-o inocente da morte de Inês de Castro e todos os bens lhe foram restituídos por D. Fernando I. Regressou definitivamente a Portugal no reinado de D. João I.

Fernando – D. Fernando I (1345-1383), nono rei de Portugal, filho de D. Pedro I e de sua mulher D. Constança Manuel.

Fernando de Castro – Irmão de Inês de Castro.

Gonçalo Pereira – Arcebispo de Braga e avô do condestável Nuno Álvares Pereira. Há historiadores que afirmam ser falso que ele haja participado nas negociações de Canavezes, uma vez que nessa altura já não governaria a arquidiocese bracarense.

João – Infante (1352?-1397?), filho de D. Pedro I e de Inês de Castro. Ocupou um importante lugar na corte durante o reinado de D. Fernando I, seu meio-irmão, até que, por intrigas da rainha, Leonor Teles, acabou por passar a Castela, onde, à morte de D. Fernando, foi preso por ordem do rei castelhano João I. Foi em seu nome que o Mestre de Avis (o futuro D. João I de Portugal), também seu meio-irmão, assumiu inicialmente o poder. Libertado mais tarde, tomou armas por Castela contra o novo rei português. Morreu em Castela, já durante o reinado de Henrique III.

João Afonso – D. João Afonso Tello de Meneses (?-1381), quarto conde de Barcelos.

Lourenço Gonçalves – Corregedor da corte durante o reinado de D. Pedro I.

Pero Coelho – Fidalgo e conselheiro de D. Afonso IV, um dos responsáveis morais pela execução de Inês de Castro.

Teresa Lourenço – Pouco se sabe desta dama galega que foi amante de D. Pedro I. Só é incluída na presente lista por ter sido ela a mãe de um bastardo real que viria a ser Mestre de Avis e rei de Portugal: D. João I, fundador da Dinastia de Avis.